Laval
le 7 juin 1983

À Mireille et
Rodrigue,

Pour aller en
Gaspésie, il faut
passer par le
Shack-à-Farine !

Amicalement

Réal Bujold

LES
COQUELUCHES
DU
SHACK-À-FARINE

Éditeurs:
LES ÉDITIONS LA PRESSE, LTÉE
7, rue Saint-Jacques
Montréal H2Y 1K9

Tous droits réservés:
LES ÉDITIONS LA PRESSE, LTÉE
©Copyright, Ottawa, 1983

Dépôt légal:
BIBLIOTHÈQUE NATIONALE DU QUÉBEC
2e trimestre 1983

ISBN 2-89043-102-9

Réal-Gabriel Bujold

LES COQUELUCHES DU SHACK-À-FARINE

roman

COLLECTION
ROMANS
D'AUJOURD'HUI
série 2000

la presse

A   Colette,
Claire,
Louise,
Robert et les\autres,
membres et membranes
de la Troupe, comme
l'a dit Clémence.

Toute ressemblance avec quelque personnage
ou situation n'est que pure coïncidence.

Parce que les officiers de la côte lui couraient après, l'homme de l'instant déguerpit dans les bois en remerciant Dieu et toutes les fortes expériences de camouflage qu'il avait acquises dans le passé. Acquises à plein chapeau.

C'était bien connu. Partout le long du littoral, on fabriquait, déchargeait et buvait la sainte bagosse, se préparant à chaque instant pour la fête des Prophètes.

Sans la chaleur de l'astre du début d'août qui semblait en avoir plein le dos du travail, l'inconnu s'éclipsa sous la florissante industrie des alambics; l'homme responsable des bévues de ses semblables et des colères de Monseigneur, l'illustre fabricant d'alcool et l'as de la vente en contrebande.

Une journée particulièrement calme.

Adelme Lafontaine faisait ses foins. Au début d'août, à Brebille, lorsque les tiges sont mûres et qu'elles se retrouvent sur l'échiquier des vendanges, les habitants mettent leurs forces dans la grande foire de la solidarité et entrent dans la danse de la juste odeur.

Une journée chaude et agréable. La famille Lafontaine demeurait au Shack-à-Farine, à quelques milles de la petite colonie naissante de Brebille. L'air salin des hautes côtes voisines envahissait la petite coulée tandis que les goélands et les fous de bassan laissaient percer au loin des piaillements affamés. Très souvent, ils venaient crier des bravos à l'opulence du père Lafontaine, à la recherche d'une arête de hareng ou d'un croûton de pain.

Les foins sentaient la tranquillité et l'acharnement. Les vailloches étaient alignées, toutes de la même grosseur et les princesses de la famille, les filles Lafontaine, qui n'avaient de cesse de rêver de ballet aquatique, avaient bien daigné quitter les jupes de la reine, leur mère, la reine mère donc, pour venir attaquer à la fourche les galettes de foin mûr.

La charrette circulait à travers les tas de foin et le père Adelme, qui ne jurait jamais, piquait une fourche pointue dans les tas dorés avant de les précipiter vertement pour qu'ils soient foulés par des princesses criardes.

Quatre filles qui se gravaient dans l'espace. Qui allaient bien avec le plaisir et qui hurlaient lorsqu'elles se marchaient sur les pieds.

Adelme Lafontaine et sa chère Élisabeth avaient mis au monde cinq filles et deux garçons. Mais le ciel était venu chercher Victor, le fils aîné, qui s'était noyé dans la rivière Portage.

Une rivière qui servait de frontière entre le riche château des Lafontaine et l'Arche de la Troupe.

L'Arche!

Une maison bizarre, bien grande, tortueuse, habillée de gloire et d'aventures, personnalisée dans un costume jaune atmosphère. La maison jaune où logeaient les cinq vieillards d'autrefois, eux qui jouaient sur la mandoline du bonheur aux confins des mélodies de Brebille:

... séparés des Lafontaine par une rivière charnue et plusieurs générations.

Parce qu'ils se l'étaient promis dans la jeunesse qu'ils avaient vécue soixante-dix ans plus tôt, les cinq vieillards de Brebille vivaient dans la maison-vedette jaune atmosphère, une bâtisse à deux étages, un brin voilée, les yeux bruns, une bonne trentaine de pièces froides en hiver.

... parce qu'ils se l'étaient promis en cours de XIXe siècle. Dans leur jeunesse gélatineuse.

La maison jaune atmosphère surnommée l'Arche siégeait dans la vallée des chatouilleux pantins, non loin du Shack-à-Farine, perdue entre trois collines et une rivière profonde, très à l'aise dans sa peau. Une ribambelle dissemblable de vieillards encore frais attendait patiemment le soleil de Brebille, un après-midi de début d'août.

La veuve Scouchtard souriait à la journée. Elle trônait humblement tout à côté de ses chatouilleux amis, Proserpine et Picassiette, le frère et la soeur, âgés respectivement de 91 et 92 ans. Ils apportaient les souvenirs colorés des aventures puériles d'un siècle noyé. Picassiette portait depuis toujours sur ses épaules l'excessif fardeau des rôles fictifs et temporels isolés entre les murs de l'Arche, à l'épreuve des regards des buveurs de bagosse maudite.

Les deux autres vieux, Orphale et Diogène, un couple mûr. Elle en avait 91, il en avait 102. Le patriarche de l'Arche, autrefois le sénile de la Troupe.

De chatouilleux pantins qui préparaient pour la fête de l'Assomption une revue de théâtre naïve dans la forme, improvisée dans les gestes et suave par sa fougue. Ils créaient comme ça, au bout de leur âge, heureux d'être ensemble.

Cinq ardents amoureux des couvertures de laine. Ils écrivaient là, dans le village naissant de Brebille, la prose entière du soleil-torchère. Du théâtre de guignol (d'aucuns disaient que c'était du théâtre de vieux fous pervers), une ficelle au mollet, une ride à la babine, des ardeurs malhabiles.

Ils composaient une revue de théâtre sous la chaude

autorité de la cadette du groupe, la veuve Scouchtard, 88 ans.

Les Souvenirs de la Troupe, qu'elle s'intitulait.

De sombres sketches factieux issus d'instincts cyniques et juste bons à faire chialer les Brebillois.

— Encore c'te gang de vieux fous du Shack-à-Farine! J'me d'mande pourquoi qu'on laisse faire ça!

Les cinq vieillards retrouvés cimentaient ainsi leur amitié loin des cris, des regards curieux, des aristocrates pétillants de Percé et de l'incompréhension des Brebillois.

Une directrice fofolle à la jambe particulière et aux seins grandioses, un couple honorable dont l'époux était plus que centenaire, un frère et une sœur impalpables.

Parce que les officiers de la côte lui couraient après, l'homme en sueur atterrit le nez dans une vailloche de foin, sous le frou-frou cinglant d'une jeune pucelle, une fourche dans le derrière, le chapeau dans la bouche:

— Aïe! là! qu'est-ce vous voulez?

— Heu! ex... excusez-moé! Je... je... j'cherche le... la route pour Brebille.

— C'est pas là! Vous êtes mieux d'galoper au plus vite, mon père s'en vient, y est pas commode!

L'inconnu admira la splendeur qui se tenait devant lui, une fourche à la main. Il se releva:

— Excusez-moé encore. J'me présente, Rodolphe Damphousse.

— J'vais me présenter comme ça, vous avez pas l'air trop dangereux. Chélidoine Lafontaine (ça rimait presque pis c'était long en diable à traîner, un nom comme ça). On fait les foins, mon père, mes trois sœurs pis moé.

L'inconnu du nom de Rodolphe Damphousse pour la connaissance se pensa à l'abri des officiers de la côte. Il proposa:

— Si ça vous déplaît pas trop, j'pourrais p'tête vous

donner un coup de main? (Il se souvenait, oh! fesse de travers, du sombre coup de fourche dans le derrière!)

Et tout cela parce que l'homme n'a guère le choix de vivre ailleurs que dans son temps.

— J'dis pas non!

Un homme à l'allure d'un guitariste médiéval apparut tout près d'une épinette géante, le chapeau entre les dents, le filtreur-à-soupe au garde-à-vous.

— Viande-à-ménard! asteure, prends garde à toé, mon jeune, de v'nir faire de l'oeil à ma belle Chélidoine.

— Non, c'est que... Heu! j'ai simplement proposé à mademoiselle de lui aider...

— C'est ben tant mieux! On a besoin de bons bras. Surtout que mon plus vieux, Victor, y est pus d'ce monde pis que mon deuxième, lui, c'te fainéant-là, c'te...

— Pôpa!

— Allez, att'lez-vous à la charrette! Vous avez pas d'l'air trop manchot', m'sieur, m'sieur...

— Rodolphe Damphousse.

— Ben heureux. Moé, c'est Adelme Lafontaine. Chus le père de Chélidoine pis des trois aut' belles créatures là-bas que l'bon Dieu a ben voulu me viande-à-ménarder.

Trois joyaux sans pareil, en effet, s'amenaient dans le cahin-caha d'une charrette au coeur à l'envers.

— Ouais! quatre belles jeunes filles qui m'aident ben! Cinq avec la plus vieille qui est mariée amont che nous avec le fendant à Étienne Dallaire. Des ben bonnes filles itou, à comparer avec leu' sacripant d'frère qui est toujours parti icitte et là pour pas m'aider. Au fait, vous, d'où-ce que vous venez ben habillé d'même? Pis pas mal chic à part de d'ça!

Rodolphe-le-chic préféra bifurquer et ne pas s'entortiller dans une vague réponse:

— J'veux ben vous aider. Y'en a-t-y ben gros du foin à rentrer encore? Heu! après, j'dois m'en aller à Brebille, j'ai quelqu'un à rencontrer là. C'est-y loin?

— Non, juste à côté. En fait, tu y es, mon garçon.

Nous aut' icitte, au Shack-à-Farine, c'est comme une branche du village, la branche est. Y a pas grand monde. Toute ma famille, les Lafontaine, là-bas, dans l'espèce de château, que l'monde disent, mais ça a rien d'un château. Une belle maison, tout au plus, quand on a les moyens. Y a mon moulin à scie itou, pis encore du même côté de la rivière, y a ma fille pis mon gendre pis leur unique garçon. A l'a pas l'air pressée à partir pour un deuxième. De l'autre bord de la rivière, y a une grande maison jaune remplie de vieux snorauds. Ouais! viande-à-ménard, on t'connaît pas pis déjà on t'parle comme si t'étais de la famille! Au boulot!

Bien sûr, la juteuse Chélidoine mangeait des yeux ce valeureux inconnu en s'imaginant enfin qu'il viendrait un jour la prendre sur son grand cheval blanc:

... elle croyait au filtre magique qui transformait sur-le-champ les froides adolescentes en princesses nymphomanes.

Les trois petits cochons seraient apparus avec des boucles multicolores à la queue que les Brebillois se seraient crus en pleine fantasmagorie. Mais les mêmes trois petits cochons dodus se seraient présentés au château des Lafontaine que la mère Élisabeth, la reine mère, ne se serait même pas retournée.

Elle passait ses grandes journées à remâcher le passé et à fouiller dans ses souvenirs pour retrouver une ombre de romantisme.

Comme ses filles, elle avait toujours attendu son chevalier servant grimpé sur un grand cheval blanc. (Un cheval blanc qui ne chie pas, naturellement. Pour la féerie, voyons!) Elle avait tout au plus accueilli, un certain jour, son grand escogriffe de mari d'asteure, Adelme Lafontaine, un homme qui à l'époque fuyait les responsabilités de famille comme la vapeur le chaudron qui bout.

Oh! elle n'avait véritablement jamais eu de misère!

Adelme les faisait vivre largement. Il leur avait construit la plus grande maison de charpente du village (après l'Arche, bien sûr) et il se tuait à la tâche dans son moulin à scie.

Depuis deux trois ans, le petit village de Brebille, né avec la vague de colonisation, voyait ses petits shacks de bois rond se transformer en agréables maisons de charpente qui poussaient ici et là et qui naturellement nécessitaient l'aide fougueuse de l'unique moulin à scie dont le père Lafontaine était le riche propriétaire. Riche et unique, par la force des choses. Il l'avait bâti avec son frère Lorenzo qui, lui, avait construit la grande maison jaune qui était devenue l' A R C H E.

Mais la chicane avait pogné et les Lafontaine de l'Arche, ceux de la lignée lorenzienne, avaient sacré le camp à l'Anse-à-Beaufils, au bord de la mer.

Une chicane de plus ou de moins!

Élisabeth s'ennuyait bien gros en soupirant vertement. Elle passait de lourdes journées de lassitude à presque lécher la fenêtre de sa cuisine moderne :

... et bien sûr à espionner les nouveaux arrivants de l'autre bord de la rivière Portage, les cinq vieux immortels, qui avaient trouvé le moyen de se payer la maison jaune de Lorenzo. Une maison immense devant laquelle ils avaient piqué une pancarte sur laquelle on pouvait lire : « L'ARCHE ».

Oui, à regarder ainsi tourner des vieux, Élisabeth en venait à se demander si elle pourrait encore sourire un jour.

Sa fille Stella, mariée au colon Étienne Dallaire, vint la tirer de sa léthargie soupirante pour la remettre les deux pieds sur la planète ronde du milieu des années 20.

Il fallait de toute façon faire surgir dans la glaise du temps un groupe solide, plonger à tout prix dans l'art chevaleresque de la découverte sans jamais croupir dans les sombres galères de la routine de village, dans la médiocrité. Une médiocrité pâlichonne qui tue sans merci.

L'éclosion des simples et des purs de la chatouilleuse

vallée. L'Arche de la veuve Scouchtard et de ses quelques pantins.

Dans le domaine des belles vieilles. C'est là que prit racine un certain après-midi d'été une grande dame sans arrière-goût, la veuve Scouchtard, âgée de 88 ans, et qui faucha tout sur son passage. Elle faucha d'ailleurs ses consoeurs et amies. Elles les embarqua avec elle dans le manège de l'Arche. Avec plein de claquements de doigts qui autrefois tapaient sur les nerfs de son mari, elle installa une chevillette et une bobinette gagnantes. En plein coeur de Brebille.

Les Souvenirs de la Troupe sont nés. La pièce est maintenant pondue et l'Arche a vu le jour. Entre deux rideaux verts dans une maison jaune, ils ont reconnu à la fois le sol des ancêtres et celui des extra-terrestres.

Ce jour-là du mois d'août d'un premier quart de siècle, elle apparut au grand jour, un oeil conservateur sous une mèche vivace, pétante de santé, le poitrail revendicateur. (Des seins mûrs et problématiques, ils l'avaient toujours été!) Elle se déguisa en sorcière époustouflante et dans son costume éclatant, qui ne cessait de broyer de l'oeil les habitants sensitifs de Brebille, elle franchit les trois milles séparant le Shack-à-Farine du magasin général et annonça à tous la naissance des pantins, des alpinistes de la guerre froide et surtout du grand spectacle du siècle.

Ce jour-là aussi, elle rivalisa avec le gendarme rouge du village, le paon Isaac Proulx, celui qui se prenait pour le nombril du monde gaspésien, le marchand général. Elle lui vola la première place et le fit même descendre dans le fond des enfers.

Elle se souvenait d'avoir déjà correspondu avec le satané gendarme rouge, au XIXe siècle, alors qu'ils étaient voisins. Ils s'écrivaient alors à tous les jours, une lettre à la fois, sans jamais la poster mais bien en la déposant à tour de rôle dans un chou complice du jardin. Mais une chicane de lot mal divisé les avait séparés pour toujours. Elle se vantait depuis de posséder les trois plus belles terres du Shack-à-Farine, lançant par le fait même un pied-de-nez légendaire au gendarme rouge-marchand-général-en-calvaire.

La veuve Scouchtard épingla ses pancartes publicitaires dans le magasin général ainsi que dans le hall d'entrée de la petite chapelle-école de Brebille. Elle retourna retrouver ses amis de l'Arche pendant que le crépuscule achevait de basculer dans la tradition les splendeurs gaspésiennes.

Le vent se leva.

Les foins étaient rentrés, les filles étaient belles et le faraud à Damphousse sentait les sueurs dansantes de ses effusions se diriger vers la bonne Chélidoine. Les trois autres, Gervaise, Clarisse et Rose-Alma, semblaient trop jeunes et bien trop excitées. En fait, Rodolphe se prenait au piège de l'amour comme un lièvre au collet, Chélidoine était l'avant-dernière, la benjamine, comme on dit.

Adelme Lafontaine ferma les grandes portes de la batterie et se dérhuma de contentement.

— Tu viens, mon gars, m'aider à dételer Boucane? Pis après, tu viendras souper avec nous autres. Tout le monde doit avoir faim, la noirceur tombe, y doit commencer à être tard en pas pour rire.

— J'sais pas si j'peux m'permettre, pour le souper.

— Aïe! t'as travaillé comme un nègre, viande-à-ménard! Tu mérites plusse que ça! Tiens, la pluie a d'l'air à vouloir s'montrer le bout du nez avec c'te vent-là. Si y peut pas s'montrer l'bout de la graine avec ça, excuse-moé, gars! Envoyez les filles, allez avertir vot' mère qu'on arrive pour le souper. Pis qu'a s'grouille!

Il pensa : « A doit encore avoir le nez collé au châssis pis a doit s'morfondre comme d'à coutume! »

— Tu sais, mon garçon, quand on est venus s'installer icitte, y a six ans asteure, on v'nait d'Percé, nous autres, j'te dis qu'on en a défricheté un coup! Y avait pus rien en bas. Y a fallu venir pis sûmer. J'en ai-tu défricheté des acres de terre! Y avait pas de défaut, mais au commencement, y a fallu sûmer du mil enterre les chousses pis après, a fallu passer là-dedans avec la harse-à-dents. J'avais commencé sur une aut' terre, plus au sud, mais j'ai dû abandonner, c'était trop swompeux, viande-à-ménard! Allez, j'te conterai ça plus dans les détails betôt. Arsouds! Tu m'as toujours ben pas dit c'que tu faisais icitte?

— Si je vous l'dis, vous allez... vous allez vous fâcher.

— Pourquoi c'que j'me fâcherais? T'as pas commis un crime toujours?

— Non pour moi mais pour d'aucuns, c'en est un! J'ai dû abandonner d'urgence à une bonne dizaine d'arpents d'icitte une quarantaine de caisses de bagosse!

— ... de bagosse?

— Oui. Vous savez que c'est défendu, surtout depuis que Monseigneur a fait' une crise pis qu'y s'est mis à crier partout par la voix des curés de toutes les paroisses que la boisson c'est un fléau pis qu'y faut la combattre à tout prix, même que... que... Une vraie encyclique pour les Gaspésiens! Comme si on était plus nonos qu'ailleurs!

— Lâche-moé, toé là! T'es-tu fait prendre?

— Non, mais j'ai été obligé d'me sauver, pis d'abandonner ma cargaison ben cachée dans la forêt là-bas. J'pense pas que les officiers ayent encore rien trouvé. Une chose sûre, y me couraient après en diable par exemple! C'est pour ça que j'hésitais à rester icitte.

— Ah! ben, viande-à-ménard! Un vra bootlegger, un faiseux de bigosse! A l'est bonne, antoute?

— Y a pas de soin! Mais le pire, c'est que les officiers lâcheront pas comme ça; y vont r'venir. Quand que j'ai dit que j'allais à Brebille, c'est que j'savais pas trop trop quel bord prendre. Mais j'veux pas vous donner de trouble, asteure, j'm'en vas partir.

— Pas question! Ousqu'a l'est ta boisson? Penses-tu que j'vas laisser passer une mine d'or de même? Viens-t'en souper, après, on va aller qu'ri ta charrouettée d'allume-ardeurs. Tu m'as aidé, ça fait que j'te rends la pareille. Pis m'est avis que ma Chélidoine, a doit pas t'laisser frette !

Étienne Dallaire revenait du bois. Tôt dans la soirée. Il braconnait sans arrêt. Il contait des mensonges aussi. Les plus superbes mensonges de toute la péninsule. Il en connaissait toutes les recettes et les épiçait à l'occasion d'hyperboles empoisonnées. Des mensonges qui une fois passés dans l'alambic du folklore devenaient de belles grosses menteries.

L'épouvantail !

La fine pluie qui se cherchait du travail humectait la couenne endurcie du colon hors-la-loi.

L'envie de pisser vint lui tenir compagnie. Il entra dans un sous-bois pour se soulager. Quelques gouttes de pluie réussirent, à travers le feuillage, à lui effleurer le visage.

Il allait reprendre son chemin lorsqu'il entendit hennir un cheval à quelques pas de lui. Il jeta un oeil suspect à travers les branches et entrevit, maladroitement camouflée entre de jeunes trembles maladifs, une charrette attelée à un superbe cheval et remplie de caisses de bois fermées et bien clouées sur lesquelles on pouvait lire : « L'Anse-à-Brillant - 1926 ».

Il ne put résister à la tentation d'ouvrir une caisse pour y découvrir, ô surprise attachante ! douze bouteilles de ce merveilleux liquide de feu mieux connu sous le nom d'alcool frelaté, bagosse, whisky maison, p'tit cordial gaspésien, etc.

L'incontinence, le délire, le commerce fou. Ça remplace bien un lapin de misère ou un chevreuil légendaire. Cette découverte lui parut divine.

Étienne Dallaire prit bien soin de n'en parler à personne. Il mena le merveilleux trésor dans la grange et le cacha encore plus minutieusement. Il détela le cheval et le conduisit sur la pointe des sabots jusqu'à l'écurie en se promettant bien de revenir une fois la nuit venue.

Les Lafontaine ne se doutaient de rien. Jouissance ultime! Vengeance canaille! Le loup qui mange les pauvres fous...

Étienne entra chez lui avec, ce soir-là, cet air heureux que lui trouvaient rarement sa femme Stella et son fils Raoul.

La veuve Scouchtard avait posé des étiquettes-soleil partout. Même sur les gros peupliers près de la voie ferrée.

Tout à coup les voyageurs les verraient? Et pour le spectacle de l'Assomption de la Bienheureuse Vierge Marie, rien n'était trop excentrique.

Elle voulait le spectacle grandiose, naïf, comme adressé à une jeunesse croquante, un peu pour aller plus loin, calmement.

Une vague noirceur irréelle qui faisait partie des pores du temps lui laissa quand même suffisamment de clarté pour apercevoir le voisin de l'autre bord de la rivière, Étienne Dallaire, qui entrait dans sa grange avec un cheval louche. Un attelage qui n'était pas le sien.

A quoi bon tricher? Une charrette suspecte, asteure! Au Shack-à-Farine, un hurluberlu reste un hurluberlu et une charrette suspecte, une charrette suspecte, tout comme un étranger ne passe jamais inaperçu. C'est tout dire! Et comme des années plus tard, un extra-terrestre restera lui aussi un... extra-terrestre!

Elle regarda le voleur sortir en catimini de la grange et rentrer chez lui.

— Get up! Coucoune, get up! (C'était le nom de la pauvre jument des vieux.) Envoye-toé les oreilles drettes par chez nous! Après, j'vas aller à pied pour voir de quoi'ce qu'a peut avoir d'l'air la charrette suspecte à

Dallaire. Get up par amont l'Arche, pis quin-toé ben sur les pieux d'l'autre bord de la track!

Au tout début de la colonisation, dès ses premiers balbutiements, les pieux ronds, de grands billots de cèdre ou d'épinette coupés et cordés sur le sol les uns à côté des autres, servaient de pavage moderne mais non duveteux pour les charrettes, waguines, bogheis et autres moyens de transport. On avait cependant fini par les remplacer par des chemins de terre plus ou moins carrossables durant la belle saison, surtout lorsqu'il pleuvait. Les quelques vestiges en bois qui perturbaient encore les allées et venues de la veuve Scouchtard lui donnaient de pissants maux de tête et la faisaient grogner à tous les diables.

Elle était d'ailleurs la seule de son groupe, avec le nonagénaire Picassiette, à conduire encore la jument Coucoune au village de Brebille. Les autres vieux, soit qu'ils ne voyaient plus clair, soit qu'ils étaient trop courbés, soit qu'ils étaient atteints de la goutte ou de la galuche :

... ils se tenaient les hémorroïdes bien au chaud sous les couvertures sanitaires de la maison jaune de l'Arche.

Dans un ninillage plaintif, la veuve Scouchtard appela le non moins ninillard Picassiette qui rangea ses pinceaux d'artiste dans un pot en grès, une ancienne baratte à beurre, et s'accrocha le gros orteil douloureux à la patte du poêle Star. (« Aouccchhh! »)

Il pissa par terre. Il pissait d'ailleurs partout. Il détela la Coucoune. La veuve lui glissa :

— Mon Ti-Pet, tiens ben la jument au chaud pis viens me r'trouver dans la menute à la grange à Dallaire. J'ai entrevu sur la route un canard enchanté.

— Un canard enchanté? A la grange à Dallaire?

— Oui. Pis y m'a fait' la plus belle grimace du mois d'août! La plus belle des grimaces, mon jeune, que j'peux pas faire autrement que d'aller le saluer. Avartis les filles que j'vas nous greyer à nous deux un p'tit souper betôt. Pis tiens ça mort, par rapport à la grange à

Dallaire. Diguedine, vite, ça m'a d'l'air qu'y va mouiller plus qu'on pense.

Le Shack-à-Farine descendit de son piédestal pour venir saluer les fleurs du château des Lafontaine.

Élisabeth fuyait ses chaudrons. Les jolies princesses qui s'étaient lavé les seins et le dessous des pieds en passant par les aisselles et les plis intimes se chatouillaient maintenant les panaris et se saupoudraient les joues d'une poudre étouffante qui sentait la vulve.

Juste avant souper, comme ça, en admirant leurs collections personnelles d'images pieuses tout entourées de dentelle fine et en léchant des yeux les pages mugissantes des catalogues démodés qu'elles avaient reçus d'une tante encore plus mugissante.

Elles retouchaient certaines laideurs en cachant une maille tirée ici, une échelle grimpante là, une joue trop pâle, un coeur écrasé dans un gros bas de laine. Élisabeth bâilla :

— Hi! qu'le temps est long!

Le ragoût était prêt. Une épaisse vapeur s'en dégageait et se dirigeait vers les plafonds hauts. Son chevalier manqué rentra suivi d'un jeune chevalier un peu plus réussi qui avait ce petit rien de vivacité qu'elle n'avait que rarement humé, dans ses jours de grandes chaleurs, chez son chevalier off-white.

Il n'y a que les chevaliers blancs qui peuvent à la fois faire l'amour et la guerre sans jamais rien déclarer. En prenant tout par derrière, en glissant sous la douillette. Son chevalier manqué à elle, Adelme-le-juteux (car il se lubrifiait facilement), faisait plus souvent la guerre en dessous des draps que l'amour au grand jour, l'amour tant rêvé. Et cela si peu souvent. Il était toujours parti en forêt, à la chasse, à braconner ici et là. Malgré tout, il trouvait le tour de ne jamais rien déclarer à la reine fulminante.

Ils avaient les cheveux humides. Rodolphe trébucha

et vint gratuitement faire une ridicule génuflexion devant les jupes musicales de la reine mère.

— Le ragoût est prêt, les hommes!

Un ragoût plein de bouillon et qui sentait les bettes à carde et la poule nerveuse à plein nez.

— Excusez-moi, madame, j'ai pas vu la marche.

Les quatre princesses du château ne cessaient de manger des yeux l'appétissant inconnu qui semblait beaucoup plus ragoûtant que la poule-à-la-bette. Elles en avaient des bécarres dans les yeux.

— Viande-à-ménard, la femme! Tu t'es forcée à soir! Tiens, j'te présente un jeune rusé, Rodolphe Damphousse. Mon jeune, ma femme, Zabeth.

— Madame.

La poule caqueta dans son jus de bettes. Au même moment, la reine mère siffla, rota et tourna les talons. Adelme regarda à l'extérieur:

— Ouais! ben va falloir sortir les saouèsses pour demon matin! Quand qu'la pluie prend c't'angle-là, c'est qu'a l'est partie pour une coupelle de jours.

Les princesses s'assirent autour de la table. Adelme invita le chevalier-bootlegger à prendre place à sa gauche. Bien vite, le ragoût fut englouti. Et bien vite aussi, Rose-Alma risqua un regard coquin à l'inconnu, sous la prunelle jalouse de la charmante Chélidoine.

Étienne Dallaire haïssait son beau-père comme la peste. Et c'est en franchissant le seuil de sa maison, ce soir-là, que le menteur décida, pour rendre hommage à son détestable talent, de le haïr encore plus.

Il profiterait du mauvais temps et de la chance qu'il avait rencontrée en forêt pour faire des économies. Des économies liquides tout en épargnant sur la bonne entente entre voisins. « Monsieur Dallaire » avait pour lui une arme de choix.

Le petit Raoul jouait dans un coin. Étienne ne le vit pas. Il passa près de lui avec une indifférence inquiétante. Il ne jouait jamais avec l'enfant. Il ne lui chantait jamais de chansons ni ne lui contait d'histoires pour l'endormir. Et lorsque le petit lui parlait de nuages, d'étoiles, de loups ou de petits chatons jaunes, le père si doux lui chantait la berceuse de la mornifle en lui fredonnant les plus vieilles comptines du monde : « Sacremoé 'a paix ! » — « Va don' t'coucher, fatigant ! » — « La mére va rien que fére un feluette de toé ! » ou « T'es pas une fille, ciboire ! »

Cependant que le père se complaisait dans ses remarques d'amour filial, sa femme Stella consolait plus qu'à son tour les chagrins du petit :

— Occupe-toé d'lui des fois, Étienne ! Le p'tit a besoin de toé autant que de moé !

— Ouains, ouains, y t'a, c'est ben en masse ! J'm'en occupe à ma manière. Asteure, m'a aller faire un fou de moé pis m'mettre le coeur dans la graisse de bines à jouer avec un garçon ! J'te l'dis, c'est pas une fille, c't'enfant-là ! Viens-tu folle ? Me demander d'y faire des di di di !

Et il plongea en lui-même pour se dire : « J'pourrais ben y parler d'ma découverte, a m'croira pas, a m'croit jamais, la viarge ! J'ai ben envie d'y dire, justement ! J'aurais rien qu'à y dire que j'ai trouvé le chargement caché dans la grange. Ou à ras d'icitte. Bof ! une quarantaine de caisses de bigosse, a m'croira pas ! »

C'était vrai. Ni Stella ni les oiseaux ni l'Amour avec un grand A et ni même les sapins du Shack-à-Farine ne l'auraient cru. Rien qu'un brin cru. Il préféra attendre.

— M'as-tu fait' à souper, Stella Varices ?

— Arrête d'm'appeler d'même !

— J'ai ben l'droit de t'appeler d'même si j'veux, surtout depuis ta guérison miraculeuse de l'hiver passé !

Stella ne répondit pas, ni ne donna de commentaires. Étienne insista :

— J't'ai demandé c'qu'y avait pour souper ! Y fait noir, ciboire ! (Comment pourrait-il lui faire part de sa découverte ?) Y fait noir, j'ai chassé plus tard que prévu...

Et plus il soupait, plus il haïssait son beau-père, « le vieux torpinouche-de-calvenisse-de-tuyau-de-poêle ! »

— Le vieux ciboire a-tu fait' ses foins aujourd'hui ? Vu que l'moulin marchait pas.

— Parle pas d'même de mon père ! Pis vu que tu travaillais pas, t'aurais pu y donner un coup de main ! Tu sais que moé, j'peux pas...

— Le vieux ci...

— Blasphème pas, Étienne, j't'en prie, blasphème pas !

Et plus il blasphémait, plus il haïssait Adelme Lafontaine. Le vieux verrat ! D'autant plus que le menteur savait que le père Adelme aimait comme lui braconner de temps en temps, lorsque le moulin à scie ne fonctionnait pas ou durant l'hiver.

Isaac Proulx, le gendarme rouge, avait un jour dit :

— Grasso modo, le mari à Stella, y braquottait, comme son beau-père... pis y braquotte encôre de temps en temps.

... en crachant bien vert dans le crachoir du magasin général. Un crachoir qui en voyait des vertes et des... bien mûres !

Il l'avait dit au garde-chasse. Il l'avait dit au juge de paix. (Il se l'était donc dit à lui-même, dans le miroir, puisqu'il était juge de paix, lui, le gendarme rouge du village de Brebille.) En plus de primer des ours de la barre du jour au soleil couchant, le gendarme rouge guettait les braconniers. Mais comme Étienne savait que le vieillard avait déjà laissé une chance à son beau-père, alors qu'ils avaient pris une cuite ensemble, le menteur se disait qu'il n'y avait là véritablement aucune raison sérieuse de craindre quoi que ce soit.

Le gendarme rouge ! Puff ! un vieux snoraud qui tirait du grand et de l'importance en gonflant et bretelles, et poitrail, et même kékette vers la veuve Scouchtard !

— Salut, vieille peau ! Amoureux d'un songe !

Et salut la femme obéissante et bien juteuse. Stella débarrassa la table. Étienne avait englouti le baloné et les navets pubères. Du baloné, celui qu'on ne voulait plus voir et qu'on mangeait sans arrêt. Au magasin général du père Isaac Proulx, lorsque le baloné voyait apparaître le menteur du Shack-à-Farine, il lui sautait dans les bras.

... Vrai comme tu m'entends!

Picassiette pissait partout. A 92 ans, un homme encore charmant, rempli de rhumatismes, branlant mais de grand talent et de haut prestige peut bien se permettre de dégouliner un brin icitte et là.

Mais il en avait regagné. Sa soeur Proserpine, depuis qu'elle vivait avec lui, avait soupesé le problème sans toucher à l'organe et lui avait fait perdre cette vilaine habitude de pissailler partout, en rêve surtout, lorsque l'artiste-peintre poignait les couvertures de sur son lit et qu'il partait, somnambule, se pavaner le long de la voie ferrée.

Le saint-boyenne-de-rhumatismeux! Il pissait partout. Il se la présentait en toutes circonstances, visite ou pas, et faisait monter le niveau des petits ruisseaux timides. Des petits ruisseaux pissous qui se jetaient dans la rivière Portage.

— Aïe! vieux, réveille-toé, tu pisses dans la dinde! Va-t'en don' dans la cheyère dans l'coin! Y va-tu ben pardre c'te movette d'habetude-là de pissailler partout comme une casserole qui déborde? Saint-Jésus! Traîne-toé ailleurs!

Parole de Proserpine, d'une Proserpine marchant à pas de souris, très vive, les cheveux tout blancs.

Et le sol s'alimentait grassement en appréciant ces traites classiques et vitaminées que laissait jaillir ici et là l'artiste de bon goût.

Ce soir-là, sous une petite pluie surgie d'un nuage incestueux, le vieillard fringant, amateur de flûte, prit un parapluie et se rendit rejoindre la vieille veuve déguisée en sorcière, sa tendre et plus lointaine et encore bien chèrement grassouillette amie. Pourquoi faire cavalier seul? Entretenons les illusions, ça met de la mine dans le crayon, vieillesse ou pas. Il prenait plaisir à rôder amont les sueurs de la vieille snoraude.

Un membre de la Troupe d'autrefois, un membre bien en règle et bien en membre, et qui pissait partout en jouissant à chacune des traites. Et qui allait jouer dans la pièce de théâtre, dans la revue, le jour de la Douce Assomption de la Vierge, journée bénie qui coïncidait avec l'anniversaire de naissance du patriarche Diogène. Il allait également jouer le rôle du Barbouillé dans *la Jalousie du Barbouillé* de Molière.

Mais pour le soir qui se faisait mouiller, la vieille non-gueuse le faisait demander, en vitesse, dans la grange à Dallaire.

Diogène, dans sa chaise berçante, flattait sa barbe centenaire et caressait mollement le genou de sa belle Orphale. Il semblait prendre plus de plaisir à jouer dans sa barbe que sur le genou. La franche épouse était occupée à se laisser flatter le genou. Elle terminait également une broderie d'une douceur qui lui faisait sautiller les yeux.

Proserpine crut bon de dire:

— Habille-toé ben, vieux, si t'es pour sortir à c't'heure-citte. Ma propre idée que tu devrais pas, mais t'es ben assez grand asteure pour savoir c'que tu fais. Ousque tu vas au juste?

— J'm'en vas aider Delphine à dételer.

(Delphine était le prénom de la veuve Scouchtard.)

— Dis-y à la veuve que j'm'en vas finir mon p'tit ordinaire de soirée avec Orphale pis que j'vas y préparer pour à soir un mini-souper, comme a les aime tant, pis pour toé itou, pour tout' nous autres, comme avant, dis-y ça, vieux.

Les demoiselles de Lafontaine, qui végétaient dans leurs tourelles, s'ennuyaient à l'occasion des actions folles et disproportionnées de la vie. Elles descendaient sûrement de Jean-l'ancêtre, le paresseux inconditionnel, celui des glands, des fables, des chênes, des rats de ville et des animaux malades de partout.

Les spongieuses! Elles ne cessaient de dévorer des yeux le sublime inconnu qui, sous la lueur blafarde de la lampe Aladin, présentait un masque de bronze, de force et de sensualité. Elles s'étaient d'ailleurs déjà toutes baignées dans la mer de la sensualité mais n'en avaient jamais goûté la saveur réelle!

... et peut-être aussi dans la mer de la nymphomanie.

Elles avaient déjà ressenti certaines sensations délicates, évasives et démonstratives, démones dans leurs petites culottes. La reine mère avec Chélidoine surtout. Et bien sûr Rose-Alma, Clarisse, Gervaise, et peut-être même le rejeton Julien, le glabre puceau, qui ne savait plus sur quelle branche voler exactement. Son regard parlait tout fin seul.

Les demoiselles de Lafontaine ne dirent mot du repas. Le père Adelme se chargea de raconter à sa manière l'ouverture du petit village de colonisation, Brebille, ainsi que toutes les facettes des commérages des environs. Tout cela dans des nuages de pipe endormants. On aime les qualificatifs ou on ne les aime pas. Et le père Lafontaine les aimait. Il en aspergeait ses conversations à plein goupillon.

En lançant un clin d'oeil complice à son invité, Adelme aspergea donc franchement son auditoire:

— Viens-tu, mon jeune, m'en vas aller t'montrer les gréments d'mon moulin? Betôt, pas avant d'avoir goûté à la m'lasse. J'peux pas finir un repas sans m'lasse. On a ben mangé, la vieille!

La reine mère connaissait son mari. Elle le passait même aux rayons X quand quelque chose semblait clocher. Racontez-lui la douce romance, pour voir!

— Ade'me chér, tut tut! Pas tu-suite! Ben certain que j'm'en vas t'apporter d'la m'lasse. Mais j'te connais. Pour c'qu'est de sortir, tu rentreras pas d'sitôt! Ça fait que tout le monde à genoux pour le chapelet!

26

Un courant d'air passa dans la matière liturgique des cerveaux mâles présents. Adelme concéda sans discuter :

— A genoux! Chélidoine, tu diras la première dizaine, Rose-Alma, la deuxième (pis là on s'assit), Gervaise, la troisième, Clarisse, la quatrième (quel mystère qu'on est? Le Mystère Douloureux?). Ça fait que sa mére, tu finiras avec la cinquième dizaine, le Gloire-Soit-Au-Père, le Mon Jésus pis que'ques actes de contrition, c'est pas d'trop!

Tout le monde s'agenouilla. Adelme poursuivit :

— Tu rajouteras une couple de litanies itou. Pis toé, Julien, t'es mieux de répondre, mon fainéant!

— Pôpa!

Il se dérhuma. Quand il s'agissait de la prière du soir, il était total, phosphorescent dans la grâce. Il cheminait volontiers dans les chemins des indulgences.

— A genoux, viande-à-ménard! Toé 'tou, Julien! Monsieur Damphousse, si ça vous dérange pas trop?

— Antoute.

Julien remarqua que son père aimait beaucoup le bel inconnu bien peigné. Une embûche de plus, un nez pointé vers la super-disgrâce, l'infamie habituelle dans toute bonne famille de bons ancêtres malins.

— Vous ferez la vaisselle après!

— JE VOUS SALUE MARIE...

— ... PRIEZ POUR NOUS, PÉCHEURS...

— ... ET AU FILS...

— J'AI UN EXTRÊME REGRET DE VOUS AVOIR...

Les mouches étaient collantes. A travers ses grains de chapelet, Rodolphe dévorait les grains de beauté de Chélidoine.

... à répétition, comme les Ave.

Un soir sans lune, pluvieux, qu'aucun chien ne trouve le moyen de saluer.

Ainsi soit... eux! (Harmonieusement.)

Le vent se leva et entraîna dans sa ronde les flammes cajoleuses des chaudes princesses ondulées.

Alors, Adelme se pourlécha les babines dans la mélasse.

Le gendarme rouge, Isaac Proulx, ferma son magasin général.

Malgré les énormes sarcasmes dont ne cessait de l'affubler la veuve Scouchtard, il savait qu'il ferait sensation dans la pièce de Molière. Il serait Vilebrequin, le valet de Gorgibus.

Il barra solidement et se plongea dans ses activités de juge de paix, le texte de Molière dans la main droite, sa tisane à la menthe dans la main gauche, l'oeil grincheux.

— Cafiére! y s'ra pas dit qu'la veuve va rire de moé encore longtemps! Attendez ouère la pièce de théiâtre! Attendez ouère!

Étienne se frottait les mains. Sa femme venait de laver les quelques morceaux de vaisselle que le menteur avait bien daigné acheter chez les Vorace à l'occasion de leur mariage.

L'homme repu s'apprêtait à sortir pour aller vivre une expérience animée dans sa grange.

Le petit Raoul dormait. L'horloge ne fonctionnait plus, mais la noirceur était tombée depuis longtemps et la pluie tambourinait maintenant en enfilant sa culotte et en claquant la langue sur les corniches.

You hou!

— Y faudrait ben dire le chapelet, Étienne, ça fait plusieurs semaines que tu l'as pas dit avec moé.

— Viens-tu folle, les abattis, les animaux, le moulin, les réparages autour d'la maison d'charpente, à quoi tu penses, don'... Manquablement que l'Seigneur va m'pardonner! Y sait lui que j'ai des choses à faire qui sont aussi pieuses qu'la prière!

Lorsque Stella passa près de lui avec sa jupe longue en étoffe du pays, Étienne lui flatta une fesse. Elle allait se prendre une tasse d'eau dans la chaudière.

— Étienne, voyons!

Et un geste nerveux conduisit le contenu de la tasse en pleine face de l'époux. Il rugit:

— Voyons, ciboire, j'peux pus t'toucher, sacrament! Chus un homme, moé! Ça fait p'tête des semaines qu'on touche pas à la prière, mais ça fait diablement des nuittes itou qu'on touche pas à d'autre chose! T'es toujours aux alentours de tes tricots pis d'ton garçon!

— C'est ton p'tit itou!

— Oui, pis y sert en sacrament d'alibi pour que j'me tienne les ardeurs dans mon coin! T'as le sourire fendu jusqu'aux oreilles quand y a la grippe pour le coucher enterre nos deux! J'peux pas fére autrement que de me t'nir dans mon coin!

« Toc toc toc... gentil salaud! Bonjour! c'est moi. Je me cherche une aventure. Je voudrais me faufiler par l'ouverture cachée de cette braguette hermétique. Bonjour!»

— Envoye, la femme, le p'tit dort! Tu sais, le mariage, c'est ça! Si l'curé-colonisateur savait ça que tu refuses à ton mari ...

Le moucheron.

— Étienne, chus fatiguée, c'est effrayant!

— Tu fais rien d'la journée. T'as rien qu'un enfant. Y commence à grimper en âge avec ça. Partis comme qu'on est là, j'vois pas quand pis iousqu'on pourrait en faire un autre!

Stella soupira et rentra dans sa chambre. Le sourire que présenta Étienne en disait long sur ses intentions. On lui avait piqué le museau. Il semblait avoir bien plus hâte de se précipiter dans sa grange que de se faire rebondir la queue par amont la couchette conjugale.

« Victoire!» se dit Stella. Elle pensa: « Le fatigant, y a pas l'air à s'rappeler que j'me suis à peine guérie de la consomption l'hiver passé pis que j'relève mal de ça. Y a pas l'air à comprendre!»

Mais sa consomption était tombée à pic. Stella avait horreur des relations dans le mariage comme des tranches de savon de potasse qu'on l'aurait obligée à avaler.

Les fleurs se reposaient en buvant à pleines corolles. La veuve Scouchtard, Delphine la piqueuse, entra subrepticement dans la grange à Dallaire.

Elle alluma un petit fanal noirci par des orgies de boucane et une lueur tiède se répandit dans la batterie. Le temps pour ses vieux yeux de s'habituer à l'endroit, la vieille ne tarda pas à gaboter un peu partout, à reluquer du côté du troque suspect, cette sorte de charrette qui servait au transport des marchandises en Gaspésie. Elle y découvrit, spécialement cordées et empilées pour elle, des dizaines de caisses de boisson forte, illégale ; bouteilles dangereuses mais divines.

... un bec plissé au garde-à-vous.

— Ça parle au castor ! ça t'dégoddame une femme ça ! Le snoraud à Dallaire. Y a pas assez de raconter des menteries, v'là asteure qui fait de la bigosse. Mais, mais, mais, mais ! ç'a pas l'air à être sa charrette à lui, ça !

La petite porte grinça longuement et la veuve se cacha derrière un gros poteau. Picassiette s'infiltra dans la cachette convoitée en prenant des airs de kangourou fringant.

— Arrive icitte, toé, mon beau, viens amont moé me renifler c'te stoffe-là !

(Ils collectionneraient les étiquettes et en pavoiseraient les murs de l'Arche. Ils meubleraient leurs vendredis treize en se gargarisant la luette et les rognons.)

— Casquette ! Delphine, ça peut, j'cré ben, suffire amplement pour satisfaire un homme !

— Une minute là !

— Mon rein, voyons, ayoye ! Tu viendras pas me d'mander à mon âge d'forcer après ces caisses-là antoute !

— Viens pas t'plaindre de ton rein icitte, c'est pas l'temps! Le snoraud à Dallaire. Y nous a assez fait' endéver. Arrive vouère, on va sortir ça pis tout amener chez nous.

— Pas à soir, y peut arriver n'importe quand. Pis on est pas amanchés pour déménager c'tes caisses-là. Les as-tu pesées? Ça pèse une tonne... Ouch!

— Y a pas de soin. Mais faut sortir ça à soir. Demon matin, y sera trop tard.

— Y a pas de soin certain. T'as raison.

— Crains pas, j'ai apporté la p'tite barouette qu'on prend pour aller soigner les pourceaux pis pour le reste. Une couple de voyages, m'en vas pousser moé par rapport que tu peux pas te plier; ton rein, on sait ben! Toé, tu vas tirer. J'ai encore du muscle, aie pas crainte. Hurrah!

Et les deux vieillards badigeonnés d'optimisme réussirent à transporter en six voyages les quarante caisses de bigosse damnante qui faisait l'envie des Brebillois mais qui donnait de sombres ulcères aux autorités religieuses de la côte gaspésienne. C'était une bonne façon de repartir dans le monde de l'illusion et surtout de l'aventure.

La veuve Scouchtard et son ami de toujours, Picassiette, camouflèrent soigneusement leur trésor derrière de grosses pierres plates tout près de la rivière Portage. Ils pénétrèrent dans l'Arche, épuisés mais heureux, pour participer à un sempiternel mais légendaire mini-souper préparé par Proserpine.

Les hommes fumaient une pipe aromatique. Les femmes reprisaient, cardaient et se berçaient en admirant le nouvel arrivant.

Adelme attendait l'occasion de retourner dans les sous-bois avec son jeune protégé et ce, sans éveiller les soupçons. La pluie prenait de l'ampleur.

Gervaise en avait assez. Elle en avait soupé de ces silences d'après-souper. Elle se rendit dans sa chambre et se mit en frais de déballer ses pinceaux, pots de peinture achetés ou échangés moyennant de menus services et avec la complicité de son vieil ami et voisin, Picassiette, qui lui aussi voguait sous le ciel étoilé de l'art, cherchant à l'occasion le bonheur dans un quelconque hangar du paradis des couleurs.

Gervaise créait. Elle avait un certain talent. Tout le monde le lui disait, amis comme ennemis ; ça devait être un brin vrai. Elle le croyait, assurément. Elle aurait pu immortaliser les êtres qui l'entouraient, ou encore tracer les contours des montagnes environnantes. Elle aurait pu coucher sur la toile les fleurs, les vallées, le moulin, le grand soleil. Mais non.

Elle ne peignait que des rochers Percé. Elle se spécialisait dans ses lignes et sa grâce. Des centaines de rochers Percé, sur des bouts de planches, des cartons, des vieilles toiles jaunies. Des rochers multiples qui ne demandaient pas mieux que de passer à l'histoire en levant le nez sur le fantôme amoché de Blanche de Beaumont qui devait frétiller de rage dans ses voiles démodés!

... et une blonde au rocher, et une amante, et la petite cousine, et les grandes soeurs. (Les nuages, le temps gris, les vagues fortes, le varech, les étoiles de mer mais toujours le dieu des dieux, l'être fort, le ROCHER!)

Elle en avait partout. Les naïves mais authentiques esquisses jonchaient le sol de sa chambre à coucher.

Pas un coin du lieu de repos et de neutre satisfaction ne pouvait se vanter d'être à l'épreuve des somptueux rochers.

L'artiste commençait ses chefs-d'oeuvre ou bien par le trou, comme un gros beignet soufflé, ou bien par le point le plus élevé, utilisant des couleurs criardes un jour, nuancées le lendemain, créant des ombres fantastiques ou irréelles avec des plans convertis, des plongées fracassantes ou des lignes écrasées.

Elle les essayait tous.

Et quand l'inspiration larguait ses amarres, elle étalait toutes les pièces sur le lit, dans les tiroirs ouverts de la commode, sur la petite table, les planchers, le rebord des fenêtres... Elle les retouchait, les rehaussait ou les anéantissait inconsciemment, les complétait les unes après les autres ; une mouette en envol ici, un personnage ébahi devant une roche plate là, une tache de brun oubliée.

Trois pinceaux dans la bouche, deux sur l'oreille droite, cinq dans la main gauche, comme des bagues, elle donnait libre cours à sa main droite en égrenant son talent au rythme passionné des battements d'un cadran.

Qu'avait-elle à courir ainsi, à bousculer ses goûts, à faire l'amour avec son art ?

C'était sa passion. Des milliers de rochers qu'elle n'exposait jamais mais qu'elle montrait fièrement à ses parents et amis.

Elle, la Gervaise du cadran.

Étienne sortit dans la pluie battante. Il avait cru entendre un craquement sourd dans sa tête. Un craquement moqueur. Ça arrive à l'occasion lorsqu'un esprit tient les ficelles de l'imagination.

Il savait où il allait. Et il en profiterait pour faire son train. Si tard !

Il se glissa dans l'orage et pénétra dans la grange. Il alluma. Il tomba net sur le cul.

... sur le cul.

— Ciboère de câlice de saint-sacrament ! (Les murs en cillaient ! Les oreilles de Notre-Seigneur devaient sûrement en ciller un coup également !)

Les caisses avaient disparu.

... à désespérer du ciel, de l'enfer, du purgatoire et des purgations qui vont avec, des hommes et des vagabonds !

— Mais, mais... la charrette qui est là, juste là ! Ah ! ah ! j'y pense ! C'est le baptême de vieux calvaire de bonhomme Ade'me, le beau-père, le vieux salaud !

Il donnait des coups de pied partout ; il lançait du foin, des clous ici (je ne sais plus)... se battant avec les jougs-à-boeufs, les fourches, les bidons vides, les vieux rabots, la meule, les picasses, cul par-dessus tête, une bonne crise.

— Faut que j'ramasse mes idées. Ça a pas d'allure, voyons! Ça peut pas être d'aut' que le vieux Lafontaine, le beau-père du calvaire...

Les clowns déchus, incendiés, la face démaquillée.

— Comment j'ai été fou de pas cacher ça ailleurs, asteure. Comment j'ai été fou!

Une batterie en folie, un enclos à la valdrague. Un énergumène l'avait devancé.

Son gros visage miteux regarda en direction des Lafontaine; un gros visage qui prit quand même le temps de renifler trois fois et deux grosses mains menteuses qui replacèrent bien à sa place une cravate dépaysée.

Et une vache qui meugla.

Proserpine fredonna un air connu pour le bon plaisir des amis présents. Le mini-souper était prêt. Les petits plats dans les petites soucoupes, après le plongeon dans l'art culinaire.

Diogène raffolait de ces mini-soupers. A chaque fois qu'il en reniflait les fines odeurs, il gazouillait dans sa grosse chaise berçante rembourrée, un clair de soleil au palais.

Il ne marchait plus, le vieux, depuis fort longtemps. Ses jambes étaient dans la noirceur. Il aimait quand même boire et respirer les bonnes vapeurs, regarder les feuilles des arbres et flatter sa longue barbe blanche, comme d'ailleurs la cuisse obéissante de sa tropicale épouse. Une épouse qui dans son jeune âge avait chaviré tous les coeurs de la côte.

... dans la noirceur. Cloué sur un coussin dur dans une vieille chaise berçante, il n'allait plus s'en départir que pour le grand sommeil qu'il souhaitait le plus lointain possible.

Les mini-soupers! Éternels, véritables, extraordinaires. Ils avaient toujours été les occasions de se réunir.

Ils avaient généralement leur « table » chez Delphine, la jeune Scouchtard d'alors, là où la Troupe s'amusait à jouer des tours, où Picassiette se plaisait à jongler avec le pot à fleurs ancestral jusqu'à en faire blêmir l'hôtesse.

Prestidigitation. Le père Scouchtard sortait alors son petit vin de cerises et servait généreusement les apéritifs.

Pour être admis à ces mini-soupers, il fallait simplement être membre de la Troupe. Pas besoin d'invitations, ni de sottes cotisations. Ces soirées commençaient gaiement, le nez dans les assiettes minuscules, pour se terminer par de longues et philosophiques conversations.

Peu importait l'endroit, au Chat Rouge, dans une vieille véranda, le plaisir persistait, s'intensifiait, devenait gigantesque et prenait des tournures qui n'avaient dès lors plus rien de mini. Tous les convives finissaient par se vautrer dans les dégustations les plus exquises de la gastronomie exotique ou purement canayenne.

Il n'était pas rare de devoir attendre dévotement que Delphine Scouchtard ait englouti ses nombreuses bouchées supposément amaigrissantes avant de bien daigner prendre la parole.

Mais tous n'étaient pas goinfres à ce point. Diogène, par exemple, ne se nourrissait que de pensées profondes ou de fleurs des champs et ne semblait pas comprendre alors tout le plaisir que pouvait faire miroiter une bonne table. Il a bien changé depuis. Il goûte maintenant et sait combien il est sain pour l'esprit et la rate de jouir des plaisirs quasi défendus.

Tous ces mini-soupers se terminaient très tard. Les vins corsés ne manquaient pas. Des vins maison. Les soirées se déroulaient dans une ambiance reposante sous la lueur juvénile des chandelles artisanales.

Quelquefois, ces repas menus avaient lieu à l'extérieur, sous la tente, en dégustant des croquignoles sur brochette ou simplement en écoutant d'une bouche bâillante mais d'une oreille dégourdie le grand « Docte » de la Troupe faire la lecture des poèmes de François Villon.

... d'une oreille dégourdie qui n'y comprenait rien.

Tout était tellement intellectuel et aussi tellement plaisant. Le sommeil se faisait attendre.

Vie facile. Jouissance d'alors ou... mer d'alors!

Et c'est pour se retremper dans ces jeux sans conséquences que les vieillards de l'Arche se mirent à déguster solennellement les chefs-d'oeuvre microscopiques contenus dans de si, si, si petites et fragiles soucoupes.

Péchés mignons du palais.

Le père Adelme regarda par la vitre. La sainte pluie. Ah! il faudrait lui parler entre quatre gouttes à celle-là! On n'allait certainement pas lui laisser faire les mêmes ravages que l'année précédente.

Les princesses éjarrées étaient toutes occupées à ne rien faire et la reine mère, tout en supervisant ces appétits de fainéantisme, lisait sous la lueur tremblotante d'une lampe neuve un roman à l'index de Gustave Flaubert. Elle soupirait sans cesse, la rage à l'oeil et la fesse sur le coin du rabat.

Une silhouette coupée dans l'ombre qui avalait des lignes interdites contenues dans un bouquin que lui avait prêté le sage Diogène, l'honorable excentrique...

Le hors-de-l'église-point-de-salut!

« ... que j'vous dis ben drette enterre vos deux yeux ».

Rodolphe s'approcha de Chélidoine:

— J'peux-tu me... puis... puis-je me permettre de m'assire à côté de vous? (Même s'il la trouvait pincebec depuis le souper, à cause des beaux mots qu'elle étalait.)

— Oui, bien sûr!

Et elle baissa les yeux. Les « espionnades » du père Lafontaine se faisaient plus drues, plus martelantes, impatientes...

— Ah! si c'te viande-à-ménard de pluie-là peut cesser! Tu vois, mon jeune, y faut...

Mais déjà le jeune protégé aux cheveux lisses avait le

regard plongé dans la bouche de son adorable compagne et buvait à même ses pensées cochonnes la conversation archiplate de la belle.

Ils devaient parler de charleston, une musique du diable, la danse du péché vicieux.

Adelme pensa: «Ose, mon jeune, ose! Déniaise-la un peu, sa fifille à sa mére. Mais va pas trop loin par z'emple!»

S'il avait su!

La reine mère se croisa une jambe. Elle soupira langoureusement et lança un oeil maternel à sa fille et une prunelle verticale au gringalet précautionneux.

Rose-Alma reprisait. Elle ne cessait, derrière le bas de laine, de jeter des regards bestiaux au jeune galant entiché de sa soeur Chélidoine. On frappa à la porte.

— Ha! ben, asteure, Mandoza Pelchat, par un temps d'cochon, qui s'en vient veiller amont ma belle Clarisse! Ouh! don', la femme, dis-y bonsoir antoute, viande-à-ménard!

— Tu sais, vieux, que le curé-colonisateur, un chér tit-curé, est pas pour ça des fréquentâtions n'importe à quel soir de la semaine. Tu l'sais ben.

— Tu peux ben l'dire asteure, ça te r'garde toé itou. Tu peux ben y défendre à ta fille, mais y est icitte, y est arrivé dans c'te pluie maudite.

Je vous le disais, trémolo résonnant, rythme sporadique. Je vous le disais que le père Adelme avait un préjugé favorable pour ses futurs gendres.

— Entre Mandoza, cou don'... rest' pas là à t'faire mouiller comme un hibou!

— Ça passe mal dans les chemins enterre Brebille pis icitte; c'est pas les ornières qui manquent. C'est plein d'vase. Manquablement que ça passera pus betôt.

Clarisse vint accueillir son échevelé. Elle abandonna de mauvaise grâce son délicat travail, une corbeille tressée en poil de porc-épic. Ils disparurent dans le grand salon.

Le père Adelme en profita pour s'habiller et invita Rodolphe Damphousse à le suivre.

— Ade'me chér, t'es pas ben! T'es certain que ça peut pas attendre à demon matin?

— Heu! faut que j'aille j'ter un oeil aux animaux pis arranger un engin dans l'moulin à scie. Je r'viens dans la menute.

— Ça peut pas attendre?

— Non. Heu! m'sieur Dam... Damphousse, vous allez coucher icitte. Vous pouvez pas partir à soir. Y a la chambre de not' plus vieux qu'est ben vide, hein Zabeth?

— Ben vide!

Un silence sépulcral vint rendre hommage à la mémoire du fils aîné et à sa chambre à coucher.

— Pis hurrah! Arrive...

En sortant de son abri sous une pluie endiablée, Étienne se cogna le nez sur son beau-père et sur le jeune inconnu.

Son visage s'anima et devint hargneux. Il ravala bassement. Il ne dit mot et se précipita chez lui une humeur massacrante tatouée sur le front, une menterie à la semelle.

— Ouais! calvaire, ma boisson! Pis qu'est-ce que le tabarnaque de vieux crisse de bonhomme Lafontaine pouvait ben faire dehors à c't'heure-citte en pleine pluie?

Il cassa des assiettes. Quasiment tout le beau set. Il réveilla sa femme et son petit Raoul.

— Ah! le vieux salaud! Ça peut pas être d'autre que lui. Y avait trop l'air sournois le... Ouais! Y avait un étranger avec lui, c'est pas pour rien...

— Voyons, Étienne, de qui c'que tu parles, don'?

— Ton pére, ton hostie d'pére!

— Qu'est-ce que c'est qu'y a tant fait' de si terrible?

— Y a volé ma boisson!

— Ta boisson?

— Ouais! calvaire, ma boisson! Une grange pleine de belles grosses caisses!

Stella pensa qu'il avait bu. Une grange pleine de caisses. Elle connaissait son mari et sa sainte réputation. Une réputation de menteur constitué, parfaitement établie dans tout le village.

— Y perd rien pour attendre, le vieux rat! Attends d'main au moulin! Le sacrament!

Le train siffla. Il était en retard. Il était d'ailleurs toujours en retard.

Et la rage écrémée qui le tenaillait le conduisit jusqu'à son lit où il grogna comme un ogre avant de s'endormir, le petit Poucet dans les oreilles.

... bien vite, un rêve le surprit à mentir.

« Une bonne fois, y avait un homme qui avait pris le boat pour traverser à l'île d'Anticosti. Pis v'là-t-y pas que la tempête s'met en frais de faire des siennes... D'la houle, des vagues hautes comme d'icitte à d'main!

Ben épouvantable! Pis v'là-t-y pas que le boat s'met en frais de couler... Qu'é-cé faire là? Pis y coule, pis y coule! ça fait que l'homme perd pas de temps... Y prend son sciotte pis y s'met à scier des billots pour faire un radeau. Pogne le câble sur une poutre de la grange pour l'attacher pis...

... Pis sacre son camp en raquettes par-dessus les vailloches de foin! Tout un homme, mon homme!»

Orphale se pourléchait les babines.

Proserpine, même si elle ne voyait plus tellement clair, avait réussi un repas de roi. Picassiette et la veuve Scouchtard n'en finissaient plus de se lancer de séniles clins d'oeil, des grimaces aguichantes, des froncements de sourcils bizarres, de quoi rendre vert de jalousie le gendarme rouge de Brebille.

Puis on sortit les coupes roses. Alors là, culbute incroyable: la bourgeoisie dans tous ses éclats.

Cristal, ou verre de Florence? Rose, doux, sensuel! Un verre snob et royal.

Il n'existait que cinq coupes. Elles étaient la propriété du centenaire Diogène qui les gardait scrupuleusement dans sa chambre à coucher. Cinq splendeurs.

Cinq joyaux. Élancées, racées, raffinées, tellement merveilleuses, immortelles, les coupes roses de Diogène faisaient la gloire d'un siècle romantique.

Lorsque la Troupe avait le bonheur de se réunir dans la grande maison jaune atmosphère du Shack-à-Farine, Diogène sortait ses coupes et les plaçait sur une tablette, bien à la vue, la Très-Sainte-Exposition-des-Très-Précieuses-Coupes-Roses. Les chatouilleux pantins, autrefois les membres et membranes de la Troupe, n'avaient presque jamais la permission d'y toucher. Pour ce soir-là, après les avoir lui-même nettoyées, le sénile pantin, roi des prudes, permit aux vieillards présents, la veuve Scouchtard, Proserpine, Picassiette et même sa tendre Orphale, de boire le bon vin de cerises dans ses coupes.

Mais il se tortilla tellement dans sa chaise berçante, de peur qu'on les échappât, que les chatouilleux pantins crurent plus prudent de les remettre sur leur tablette et de continuer la beuverie dans des coupes ordinaires.

La chose était triste. Tellement triste. De ne pouvoir ainsi se vautrer dans pareil trésor, Diogène proposa quelque chose de noble. Le jour de son décès, qu'il souhaitait le plus lointain possible, le vieillard sentimental léguerait une coupe rose à chacun des vieillards de l'Arche, quatre en tout, la cinquième restant sur la tablette en souvenir de lui.

...et on ferait une grande fête et on boirait dans les coupes; on chanterait et on ferait un grand désir.

Et ça serait extraordinaire, s'il mourait le premier. Mais s'il allait lui prendre l'idée de tous les enterrer, eh bien, au premier qui lèverait les pattes, on rendrait le même hommage, en buvant le vin de cerises ou de pissenlit.

Des coupes roses d'une extrême valeur sentimentale, car pour la valeur réelle, nul ne pouvait savoir, il n'y en

avait plus nulle part. Mais le gendarme rouge de Brebille avait quand même essayé de les marchander. Et
lorsque le gendarme rouge essayait de marchander
quelque chose, ça voulait dire beaucoup.

Culbute incroyable : en voulant déposer sa coupe auprès des quatre autres, Picassiette l'échappa. Il échap-
pait toujours tout, depuis qu'il était haut comme ça.

La pauvre coupe alla s'effoirer aux pieds de Diogène
qui sentit partir une grosse tranche sentimentale de sa
vie.

Les deux compères de bonne amitié, Adelme et Rodolphe, cherchèrent partout, à l'orée du bois, dans les
broussailles embrumées, dans les champs, un cheval
transi et une charrette pleine de bagosse.

Mais ni l'un ni l'autre.

Ils fouillèrent entre les branches, se faisant copieuse-
ment arroser, la langue longue, le souffle court, en nage
dans une mer d'incompréhension.

« Je griffe pour me défendre, comme un chat ! » Les
saouèsses relevés, les deux hommes se fixèrent dans le
hall de la logique. Le père Adelme cria :

— T'es certain, mon jeune, que t'avais ben laissé ta
charrette icitte ?

— Certain ! T'nez, la vieille chousse en forme de sorcière, là, j'me sus orienté dessus. Pis j'avais installé le
chargement entr' les arbres là-bas, j'ai pas la barlue !

— T'es certain ? Ben sûr ?

— Oui, sûr.

— Viande-à-ménard ! les officiers du gouvernement
sont passés, c'est ben certain ! J'vois pas d'autre chose !

Rodolphe-le-désespéré demeura sidéré, les épaules
basses solidement clouées dans la pluie, une impuissan-
ce soudaine accrochée à son front. Il haussa les épaules.

Une longue guerre, un panache relevé, la trouvaille
démentielle et soudain, la honte, l'humiliation, en

pleine face de l'homme qui l'avait pris sous son aile pour le jeter dans les caresses de sa pince-bec de fille.

— Ouais! les officiers du gouvernement! Y seront venus pis auront tout' apporté, le cheval pis la charrette avec! Ça s'peut-tu?

— T'sais, si c'est vrai, c'est grave. Y vont te r'tracer facilement. Avec le cheval pis la charrette, c'est en plein comme s'y avaient ton portrait ben dessiné...

— J'avais pas pensé à ça... Faites-moé pas peur!

— Y mouille sans bon sens, mon jeune. Avant d'attraper ton coup de mort ou que'que autre coup qu'on peut pas connaître, arrive par che nous. C'est tout' c'qui nous reste à faire pour à soir de toute façon!

Lorsque les deux hommes pénétrèrent dans le château, les princesses étaient toutes disparues. On n'entendait que les frêles bruissements d'amour perdu dans de sombres murmures. Mandoza Pelchat chantait la pomme à sa douce Clarisse.

La belle ronronnait comme une grosse chatte angora sous le cliquetis des aiguilles du tricot de la reine mère, Élisabeth-pas-encore-couchée, et de son regard terrible.

Stella ne dormait pas. Elle écoutait ronfler son triste époux à ses côtés. Elle revoyait le dur hiver qu'elle avait dû passer au grand froid.

L'année précédente, elle avait contracté une maladie pulmonaire; un mal infernal, qui ne pardonne pas. Elle était, comme on disait à l'époque, «consomption».

Et comme les personnes qui en guérissaient étaient rares en ces temps de colonisation, Stella avait décidé de se prendre en main et de tout faire pour survivre, et cela même si elle savait que la maladie faisait plus de ravages que les misérables bolides fraîchement jaillis dans les rues des grandes villes.

Elle avait rencontré le médecin de Percé qui lui avait conseillé de quitter l'endroit et d'aller vivre seule, quelque part au grand air. Pour combien de temps? Son petit Raoul, Etienne, ses parents. Le petit surtout. En présence de combien de malades, la contagion, l'ennui, la tristesse, l'isolement. Son enfant! Comme, de toute façon, elle était contagieuse, il lui fallait l'approcher le moins possible.

La décision était rude. Elle se retrouvait coincée entre l'écorce et l'arbre. Il lui fallait réagir.

On était au début de l'hiver gaspésien, aux alentours de la mi-novembre. La saison s'annonçait lourde et froide, poudreuse, rude.

Heureusement, Stella comptait sur un ami précieux, le curé-colonisateur de Brebille, qui s'était d'ailleurs lié d'amitié avec la famille Lafontaine. Mais lorsque la malade avait fait part d'une idée si saugrenue, si bizarre à son ami curé, celui-ci avait failli en être projeté de sa chaise et avait même failli s'étouffer royalement.

— Madame Dallaire, y pensez-vous? Réalisez-vous toute la portée de votre geste?

— Parfaitement, et j'vous d'mande ardemment d'prier pour moi. J'crois bien qu'avec la grâce de Dieu...

— Mais votre famille?

— Étienne passe ses hivers dans l'bois. Quant au petit, ma mère demande pas mieux que de l'garder. Pis de toute façon, j'ai pas l'choix, y faut que j'parte.

— Bien sûr, bien sûr, mais qu'en dit votre médecin?

Stella Dallaire n'avait pas répondu. Son destin était sûrement tracé quelque part et plutôt que d'aller croupir loin des siens à s'ennuyer à longueur de journée au risque de ne jamais revenir vivante, elle avait définitivement choisi de tout tenter.

Et c'est ainsi qu'elle avait passé l'hiver sous une tente, au grand froid, à faire de prodigieuses randonnées et à se reposer. Elle était convaincue de sa démarche.

Un hiver complet sous une tente, dans la tranquillité de la fraîcheur du Shack-à-Farine.

Les mauvaises langues de Brebille avaient galopé: « Qu'est-ce qu'a pense don'?... Pour sûr que c'est son coup de môrt!... A doit pus avoir tout' sa raison, son mari la fait trop souffrir!... Le suicide est puni de l'enfer!... Qu'est-ce qu'en pense le chér 'tit curé?... A l'est chaloupée, j'vous l'dis!... A l'a pus gros d'même de jarnigoine (en montrant le bout d'un petit doigt)... »

Mais Stella n'avait pas écouté. Avec l'assentiment de ses proches, elle avait confié son enfant à sa mère et avait planté sa tente sur la côte la plus au nord, non loin du château des Lafontaine. Elle avait bravé les fureurs du vent et les rigueurs de la grande saison. Elle avait foi en la vie et en Dieu. Puisqu'elle jouait l'atout de sa destinée, il lui fallait une confiance et un courage irréductibles.

Ses vingt ans parlaient pour elle.

Le merveilleux mini-souper qui s'était finalement transformé en festin de bonne chère endormait maintenant dans des pets et des rots accomplis la joyeuse troupe des chatouilleux pantins.

... comme dans le passé.

Les amis de l'Arche n'avaient point de honte ni de gêne à laisser s'éclore un pet. Un député notable de la Gaspésie avait même déjà dit qu'il était néfaste pour l'organisme de retenir une telle horreur dans le rectum. Un pet naïf ne demande pas mieux que de voir le soleil et la lune, c'est bien connu dans les archives de la Troupe.

Mais Picassiette en profitait. Il savait que la veuve Scouchtard n'appréciait pas tellement ces bruits suspects. Ainsi, il la faisait endéver en percutant le silence de longs résonnements souvent poisseux et lorsque la noirceur était totale, il allumait les gaz échappés au tuyau colérique. Il en résultait une telle lueur que toutes les torches à souder se gardaient bien d'apparaître dans les inventions.

Même à cette époque, il fallait conserver l'énergie, n'importe où, dans les petites culottes, les combinaisons à grandes manches ou encore sur les chaises froides de la chapelle-école, dans le creux de la vague, juste avant la crise économique et la faire jaillir dans des odeurs souveraines.

Quand la conversation ne se dirigeait pas directement sur la pente des pets sonores et vertement odoriférants, les chatouilleux pantins se prenaient la tête à deux mains et plongeaient une langue colorée dans des discussions fracassantes sur les matières fécales.

« Ah! mon doux Suprême!... »

Ils dissertaient sur le sujet nauséabond, les narines pincées. Au Chat Rouge surtout. Puisque les matières fécales faisaient partie intégrante du régime de vie de tous les membres de la Troupe, il fallait s'exprimer de toutes les façons et avec quelquefois les termes les plus rudimentaires du dictionnaire des abonnés des chiottes.

Mais quelles étaient ces façons de s'exprimer par le mauvais bout? Il y avait d'abord les vents puants facilement définis comme suit: « Tam-tams entre deux montagnes qui annoncent la venue du grand chef Kakam. » Il y avait aussi toutes les expressions reliées de près ou de loin à la chose: « Pet-de-nonne », « Pet-en-l'air », dont tout un chacun se plaisait à surnommer Diogène, l'ancien professeur grincheux. « Pet-de-chien », ce tabac divin recherché par les Gaspésiens de vieille souche.

Les demoiselles n'aimaient naturellement pas parler de ces choses vilaines, surtout lorsqu'elles dégustaient le délicieux vin dans les coupes roses. Mais les deux messieurs s'en pourléchaient les babines, pour ne pas dire: s'en torchaient les coquines, les gamines, les DIVINES.

Comment naissait un pet? (Surtout qu'on se plaisait à ne pas le retenir dans le rectum!) Qu'est-ce qui faisait que quelquefois, la couleur des selles variait, passant du brun au noir au rouge et même au blanc? De quoi dépendait la longueur, la fréquence, la largeur, l'épaisseur? Comment se faisait-il que quelques-unes sentaient... (excusez) le yable et que d'autres tiraient sur la viande hachée? Pourquoi certains étrons flottaient-ils? Pourquoi d'autres s'écrasaient-ils comme de vulgaires crapauds? Et le problème de la constipation! La charité chrétienne exigeait de s'occuper de ce cas puisqu'il était particulier à la jeune demoiselle Scouchtard d'alors. Lorsqu'elle se rendait dans les chiottes et qu'elle ne pouvait créer de ce bout, elle devenait verte comme un concombre et il fallait la bourrer d'huile de castor. Quel drame!

Pensées profondes, pensées fécondes, pensées d'un soir.

Un député de la Gaspésie l'avait dit, et une vieille de Brebille avait rajouté: « On est v'nus au monde avec la face pis les fesses, j'verrais pas pourquoi le deuxième sujet pourrait pas faire partie des conversations comme le premier! »

L'horloge marquait dix heures vingt-trois. Les demoiselles de Lafontaine étaient toutes allées se coucher. Toutes, sauf Clarisse.

La reine mère Élisabeth avait signalé par des coups répétés de broche à tricoter au jeune Pelchat qu'il avait assez chaté, ou « pelchaté » auprès de sa fille et elle lui avait fait découvrir qu'il était malsain et même risqué de ronronner dans le noir, surtout lorsque la jeune fille se roulait en boule comme une chatte en chaleur et qu'elle adorait se faire caresser.

Elle l'avait vu aller se prendre un verre d'eau, le matou. Il marchait à angle droit, le postérieur sorti et la tige au garde-à-vous. Elle l'avait vu. Ha! Ha! Il n'avait qu'à se tenir le brin de laine en ratatine, ou bien: broche à tricoter, quand tu attaques!

... et à se garder la moelle dans l'os.

Un silence de romance ancienne parfumait la cuisine des Lafontaine. On frappa effrontément à la porte. Adelme alla ouvrir. Deux hommes trempés jusqu'aux os — la moelle durcie — pénétrèrent dans la pièce.

Rodolphe reconnut les officiers du gouvernement. Mais il savait qu'eux ne pouvaient le reconnaître puisqu'ils ne l'avaient jamais vu.

— Terrible de pluie, messieurs!

— Ouais! on peut s'assire?

— Ben certain! Voulez-vous une tasse de thé? J'm'en vas avartir la femme qui dort dans l'fauteuil de vous en préparer chacun une. A l'est bonne pour faire le thé...

— C'est pas nécessaire.

Rodolphe se proposa pour mettre le canard sur le poêle. Le père Adelme le regarda, stupéfait, comme si son invité venait soudainement de se changer en femme, de se métamorphoser en servante.

Les deux officiers transis prirent chacun une chaise. Le plus grand des deux avait un air digne et solennel. Il y avait de la bourgeoisie en lui; c'était imprimé dans son scrupuleux visage. Avec ça qu'il ne semblait pas lésiner sur les bonnes manières, les gestes particuliers, pointus. Un gentilhomme mouillé comme une éponge de mer.

L'autre avait l'air niais. Il ressemblait à une sorte de bidoche évadé de ses tablettes. Il tournait et retournait sans cesse dans ses mains une casquette vétilleuse. Il plongea dans le vif du sujet:

— Nous sommes à la recherche d'une cargaison de boisson, (chuchotant)... de bagosse. Hum! un certain Damphousse de l'Anse-à-Brillant qu'on nous a dit. Vous l'avez pas vu?

Il lui fallait beaucoup d'imagination pour entamer une conversation sans rien truquer. L'officier bourgeois, le grand scrupuleux, déboutonna sa veste. Il rajouta:

— Vous savez, il est très habile. Il nous file entre les pattes depuis trois jours. Introuvable! Un vrai caméléon! Il a dû finalement se confondre avec la pluie. Comme le demandait mon ami ici présent, Alfred Rochefort, vous ne l'auriez pas vu, ce jeune Damphousse?

— Non, non, pis j'pense pas qu'y rôde ben ben par icitte avec c'te viande-à-ménard de pluie-là! Toé, mon jeune, tu l'aurais pas vu?

— Heu!... non!

— Vous savez, on a fait tout le village de Bre... Brebis...

— Brebille.

— Excusez-moi, monsieur, monsieur?...

— Lafontaine, Ade'me. Des fois on m'appelle Adémia, l'monde de par icitte. Ma femme m'appelle Ade'me.

— Et monsieur?

Le père Lafontaine ne laissa pas le temps au jeune Damphousse de s'enfarger dans ses menteries. Il poursuivit:

— Lui, lui... Heu! c'est Isidore! Isidore Nicolas. C'est le cavalier de ma fille. Un bon gars. 'Sidore, t'aurais pas vu le M. Damphousse à monsieur?... Monsieur...

— Zéphirin Loranger.

— Pas à ma connaissance. Ah! mais si je l'voé, par z'emple, m'en vas vous faire signe!

Les deux hommes se blottirent solidement dans leur complicité mensongère alors que devant eux se renfrognaient deux faces longues qui avaient hâte de boire leur thé.

Là-haut, sur la colline, elle avait bâti maison...
Avec un peu de toile et trois petits bâtons!

Le temps avait passé, décembre, les Fêtes, janvier et sa froidure, février, le carême. Stella.

Elle avait cassé la glace qui s'était formée dans son vaisseau d'eau. Elle avait répété ce geste tous les matins. Elle avait fait de bons feux pour se réchauffer. Une tente chaude et vivifiante avait été sa confidente de tous les jours. Un lit froid mais plusieurs couvertures de laine, de bons sous-vêtements et des journées à lire, à humer joyeusement l'air à pleins poumons. Brillamment.

... à pleins p o u m o n s. Comme s'il avait pu être possible de soupçonner une lueur de guérison. A pleins poumons, respirer à nouveau, toujours.

Et les semaines avaient filé. Et plus elles avaient fui, plus Stella s'était sentie revivre. Elle avait vu sa peau reprendre les couleurs vermeilles de sa jeunesse. Elle s'était encouragée avec des peccadilles, se donnant du courage en visionnant intérieurement les couloirs sombres des hôpitaux, ces prisons sans nom, tellement impersonnelles et froides, plus froides que cette température d'hiver qui était devenue tendresse et poésie.

A Brebille, se vautrer dans des odeurs de cheminées, s'enivrer du soleil de la Gaspésie, se pavaner d'allégresse à travers les sapins blancs ou sur des épaisseurs de croûte solide.

La guérison était possible. Sa reine mère de mère, Élisabeth, elle qui lui avait fait ses repas sans relâche, avait versé de grosses larmes. Un espoir.

Stella Dallaire avait passé huit mois au grand air. Elle avait guéri. Le médecin de Percé l'avait catégoriquement attesté. On avait eu du mal à y croire au Shack-à-Farine. La nouvelle avait fait le tour de la péninsule.

Stella avait gagné la plus audacieuse bataille de sa vie. Une guerre acharnée et digne des plus hauts prestiges de la planète. Elle avait compris que bien avant la défaite et la mort, il y avait l'amour et la vie.

Il lui restait une destinée à pavoiser de fleurs, un enfant à chérir et un époux.

... un époux.

Stella regarda longuement son triste époux qui ronflait à ses côtés. Elle n'avait peut-être pas véritablement gagné la plus audacieuse bataille de sa vie.

Le gendarme rouge de Brebille s'était marié à l'âge de vingt-huit ans et il était devenu veuf quelques années plus tard, sans enfants. Il n'avait jamais voulu se remarier. Et même si la dame Scouchtard qu'il affectionnait profondément était devenue veuve durant la même année, il avait décidé, à l'époque, de garder une tête haute de veuf meurtri.

C'est en se remémorant cette jeunesse éteinte dans le

puits des ans que le gendarme Isaac Proulx enfila son bonnet de nuit. Il souffla la chandelle. La pluie exécutait de tambourinantes vocalises. Le vieux se glissa entre les couvertures et s'inquiéta de la température. Il avait déjà perdu des récoltes à cause du mauvais temps.

D'après la disposition des étoiles dans le ciel et la couleur bizarre des couchers de soleil de ce début d'août 1926, le gendarme rouge jugea qu'on pourrait avoir affaire à des surprises de mauvais goût, peut-être même à d'importants coups d'eau.

Dans sa tête panée, il révisa le rôle qu'il allait jouer sous la direction de la veuve Scouchtard. Et dans ses rêves, il jongla avec ses titres ronflants de juge de paix, de marchand général ET de futur comédien. Il se péta les bretelles dans son rôle de notaire public en étalant des papiers de terres et des actes de vente. Il afficha des documents dans tous les endroits publics en s'adressant à lui-même des certificats honorifiques et en primant les ours qui avaient les oreilles coupées.

... et il rêva même de couper les oreilles du rôdeux de fatigant de Picassiette qui n'arrêtait pas d'essuyer les chairs vaporeuses de la veuve Scouchtard.

De lui couper les oreilles et le membre inutile. Et tout ça sans demander d'honoraires.

Le moment que les chatouilleux pantins savouraient le plus était cette heure vivifiante de fin de soirée où, après avoir galopé dans les sujets flamboyants et digéré les matières fécales à travers la pureté des coupes roses, ils attaquaient leurs rôles respectifs dans *la Jalousie du Barbouillé* en dégustant des fromages rares et sensuels :

« ... et viens donner un coup de main à la présidente ».

Une bande d'amis parvenus à l'âge respectable de la quatrième génération qui, dans les déchirements de l'étiquette, criaient leurs propres souvenirs.

Tout comme il y eut un soir et qu'il y eut un matin, il y eut l'Arche saupoudrée de frissons.

Picassiette était président d'assemblée; Orphale et Proserpine, deux membranes en règle; Diogène, un cerveau dangereux et rangé et la veuve Scouchtard, la DIRECTRICE.

Il fallait la voir congeler la diplomatie. Elle était l'UNIQUE directrice et elle d i r i g e a i t . Troupe, Arche, chatouilleux pantins et gendarme rouge.

Tout ce temps d'autrefois, où tite-Aline avait perdu sa narine pour se dédicacer une splendeur et devenir Proserpine, une Proserpine aux mille flambeaux; où le plaisir au coeur de la belle sirène, celle qui a vécu, un coeur de princesse sur quatre pieds de hauteur, la belle Orphale qui était devenue Madame Diogène, la femme du grand capitaine de chaloupe; et l'artiste aux millions de lettres, le peintre distribuant des flèches de bois aux oeuvres ratées, celui qui, pour l'Arche, avait été baptisé Picassiette; et enfin, tout ce temps, une voisine et sorcière, elle qui dans sa tendre enfance avait trop mangé de chocolat en s'évanouissant à la vue d'une petite pilule, elle qui de son royaume à huit matous s'était plu à ménager dans ses graisses d'adolescente (la belle grosse fille en santé), et qui était devenue la star du Shack-à-Farine, l'étoile filante, la veuve Scouchtard:

... et un gendarme rouge oublié dans ses millions.

C'est le début de cinq voix placées en accent aigu dans la vallée des chatouilleux pantins, un début fantastique, la naissance de la Troupe et plus tard, celle de l'Arche.

On en a parlé longuement dans sept tomes tirés seulement à vingt exemplaires. Il faut le crier à la face du monde. Dans un petit village surnommé Brebille, pogné entre deux chicanes, trois bouteilles, quatre bootleggers, cinq absolutions, six chandelles et sept quintaux de morue, huit matous et neuf étoiles...

... neuf étoiles.

Tout au fond d'eux, tout au fond de moi, tout au fond du village gaspésien tellement éloigné des années folles souffle un vent de jouissance. Une oeuvre se tisse, un goéland s'émerveille et cinq pantins jouent ensemble dans leur grande maison jaune atmosphère. Confirmés dans leur nouvel état et basculant les habitudes de Brebille, ils s'échappent. L'amour prend sagesse et moule le visage de l'excentricité.

... et le sommeil devient une rôtisserie de rêves.

Étienne se leva pour boire une tasse d'eau. Il s'enfargea sur un jouet et accrocha au passage la chaudronnée de soupe aux légumes qui figeait sur le poêle.

Une lueur masquée persistait à la fenêtre de la cuisine de son beau-père.

— Maudit!

Comme pour ne pas laisser rouiller les petites roues ondulées de sa jarnigoine, il se mit à réfléchir tout haut:

— La charrette, tabarnaque! Faut que j'aille la cacher! J'peux pas la laisser là! Si... par hasard que'qu'un d'autre rentrait dans la grange, j'serais cuit! J'ai... j'ai une idée! Ouais!...

Oui, une idée sale, pleine de structures barbares, qui allait remettre en branle une guerre éternelle.

Il s'habilla en vitesse et, à travers les rêves de sa belle Stella, il partit au grand galop renouveler les intérêts de la haine; des intérêts passés dus. Et dire qu'il allait bêtement se faire attraper comme une souris gamine.

Il pénétra dans la batterie de sa grange et ouvrit les grandes portes. Une image dans l'esprit, une image de vengeance servie sur un plateau brillant:

... de bonne vengeance en vrac.

Et pour qu'une bonne fois pour toute le vieux snoraud ait sa leçon. Il décrocha les clochettes de l'attelage et les cacha très loin dans le foin. Il sortit dans la pluie folle en tirant derrière lui un attelage qui n'allait plus en finir de brasser beaucoup de merde.

Pour ne pas être vu, il alla faire un grand détour à l'orée du bois et il se glissa derrière la grange du père

Lafontaine. Il y attacha les chevaux et revint chez lui en se frottant les mains de satisfaction.

Les résultats promettaient d'aboutir sur cette sorte de duel terrible pour lequel le gendre menteur souhaitait une victime à achever.

Les officiers du gouvernement se pâmèrent dans leur tasse de thé.

Toutes les princesses s'étaient à tour de rôle levées sur la pointe des pieds. Chacune, elles avaient trouvé une raison pour venir sniffer dans la cuisine.

Les deux bidoches-officiers-enquêteurs n'en croyaient pas leurs yeux. Ils se tenaient la jambe croisée, le scrotum ratatiné, en espérant une invitation à coucher qui ne venait pas.

Élisabeth savait qu'elle ne pouvait passer à côté de son devoir. Avec ce duo d'inconnus dans sa maison, elle savait ses filles en aussi grand danger que si elles eussent été abandonnées dans les pattes de galériens voraces.

De bien bien gentils officiers, quand même.

— Vous savez, monsieur Lafontaine, Monseigneur est formel. Prenez connaissance de ce document...

— Voyez-t-y, viande-à-ménard! j'aimerais mieux que vous en preniez connaissance par vous-même, j'sais pas lire!

— Mmmm!... « L'an dernier, des vaisseaux chargés de boissons enivrantes ont passé l'été ancrés dans la partie neutre des eaux de la Baie-des-Chaleurs, attirant, dans un appât maudit, les habitants des deux rives... (BoxououOUOUHHHHH... bâillements effrontés du père Lafontaine)... J'ai immédiatement télégraphié le fait au ministre des Douanes lui demandant de tenir une patrouille en permanence pour empêcher le débarquement... dans une zone où tout forban peut se permettre de SE RIRE DE TOUTE AUTORITÉ ET DE

BRAVER LA LOI... » (BououOUOUHHH... Rfff... rfff...)

Le père Lafontaine ronflait sur sa chaise.

... « et de braver la LOI! » « L A L O I! »

Adelme se réveilla en sursaut. Il n'avait rien compris. Zéphirin Loranger s'était pourtant surpassé dans sa lecture.

Devant les filles de 1926 qui passaient sans cesse, Alfred-le-douanier sentait sa gêne grandir suivant le rythme et la cadence des frétillements de son pénis. Comment pouvait-il en être autrement? Alfred Rochefort rougissait lorsqu'il écrivait une lettre. Mais il était bien élevé. Un massage à ma « saucisse », un massage souffrant, vous savez, à ma « saucisse »:

... m a s o c h i s t e. Encore fallait-il connaître le terme exact. Les demoiselles le connaissaient. Et un orgueil également masochiste, sur le chemin des cailloux.

— Torpinouche!

Le thé était bu. Le père Adelme n'osa guère leur proposer son petit vin de cerises malicieuses. Voyons donc! Des officiers-douaniers-bien-justes-et-bien-drettes!

— Ouais! satanée pluie!

Le bidoche en chef, Zéphirin Loranger, dévisagea le supposé jeune amoureux, Nicolas. Il lui sembla l'avoir déjà vu quelque part. La reine mère intervint:

— Vous pouvez vous rendre à Brebille, c'est pas loin. Nous autres, on a pas d'place, hein, vieux?

— On a pas d'place ici d'dans mais y reste la grange toujours ben.

— Y a la grange!

— Y a la grange, torpinouche!

Les deux hommes de la maison respirèrent aisément lorsque les deux bidoches furent sortis. Ils mirent des menottes à leur inquiétude.

Les rires des chatouilleux pantins s'en donnaient à coeur joie. Ils s'étaient levés de bonne humeur.

54

La vieille vivante de veuve Scouchtard leur proposa:

— Chers enfants, pendant qu'on pratique notre pièce de théâtre, comment que j'dirais ça, si on veut pas avoir de faiblesses, à nos âges, Picassiette, arrive amont moé. Va qu'ri in pain de not' fournée, si tu sais c'que j'veux dire!

— In pain?

— Fais pas l'innocent! In pain d'la batterie à Dallaire! Vite! Asteure, écoutez-moé ben vous autres, m'en vas vous raconter tout dans les détails! Hurrah!...

Picassiette se rendit jusqu'au ruisseau. Il ramassa deux bouteilles et revint triomphalement vers l'Arche, le corps plié en deux par le mal de rein. Il regarda en direction des vigneaux sur lesquels séchaient des morues fraîches. Encore de satanées discussions sur le goût du poisson. Des chicanes en perspective.

La maison jaune aux volets verts perchée sur le haut de la butte, la chaumière des princes et des arlequins, le château feutré, voilé, de l'autre côté de la rivière, cette maison géante à trois étages dont rêvaient depuis leur tendre jeunesse les membres aguerris de la Troupe.

Cette maison qu'il regarda, le Picassiette-des-pinceaux-vifs, comme lorsqu'il avait des ailes. Il y entra.

La stupéfaction générale qui se grava sur le visage des vieillards se transforma en regards angéliques. Elle fut suivie d'une salve d'applaudissements se prêtant très bien à la circonstance. L'avenir se présentait grandiose.

— Le sacripan à Étienne Dallaire, y nous a assez fait' endéver, y perd rien pour payer in peu! Asteure, hop!... encore les coupes roses, on peut pas goûter à un stoffe de même ailleurs que dans les coupes roses...

— NON!

Il n'en était pas question. Depuis le *De profundis* de l'une d'entre elles, non, non et N O N !

— Les coupes en argent vont faire l'affaire! Sont pas cassables!

Personne ne se fâcha de cette remarque. Après tout, les vieux fluorés, les gencives détruites, le nez rouge, l'âme excessive, les vieux de l'Arche, à quoi ça leur aurait servi de se fâcher? Et puis, les coupes roses, ils en hériteraient un jour. Valait mieux les laisser sur la tablette. Ils avaient l'expérience de leur bord, autant s'en servir.

Le bon «précieux liquide» se chargea de les rendre hilares jusqu'à la plus profonde dilatation de leur rate. Totale et sans rémission. Une dilatation extravertie.

Et de toute façon, à côté des jeunes gens, ils étaient comme des blocs de neige empilés durant l'hiver. Ils ne fondraient qu'au printemps, bien après tous les autres.

Et c'était encore l'été.

Étienne Dallaire vit sortir deux hommes dans la pluie. Il se glissa sous un ciré et se hâta de les appeler:

— M'ssieurs, m'ssieurs, v'nez par icitte, approchez ouère, j'ai afféré à vous autres!

Les deux hurluberlus, l'âme cachée derrière des regards mouillés, virent là une perche à deux branches tendue vers eux par un homme que la charité ne semblait pas avoir encore assis dans son ancienneté.

Un coup de chance, d'humour, et ouvre ton coeur et la porte de ta demeure!

Et il l'ouvrit.

C'était l'image qui allait avec l'histoire. Étienne les invita à prendre place autour de la table. Il prit bien soin de ne rien leur offrir d'alcoolisé.

— Ouais! ouais! m'a d'l'air que vous r'ssoudez de d'su' le beau-pére!

— Ah! M. Lafontaine est votre beau-père!

— Y vous a pas invités à coucher?

— Non, heu! ... il ne semble pas!

Les deux officiers enquêteurs faisaient en même temps les mêmes gestes stupides et zigzaguants, comme s'ils les avaient appris à la même école.

— Hum! hum! nous nous présentons. Zéphirin Loranger, et voici mon collègue, Alfred Rochefort. Nous sommes des officiers du gouvernement chargés d'enquêter sur la contrebande qui se fait sur nos côtes, déjà que les îles Saint-Pierre nous donnent bien du souci.

(Pendant que le moulin marchait et que le loup alentour rôdait.) Étienne faillit s'évanouir. S'il ne leur avait rien servi qui contenait de l'alcool, c'était parce qu'il s'était tout fait voler. Mais là, devant lui, deux enquêteurs; il regrettait maintenant de les avoir invités dans sa demeure. Et s'ils l'avaient vu sortir la charrette de la grange? Impossible. Il faisait noir, il pleuvait trop et les deux officiers étaient alors affairés dans le château des Lafontaine. Il se mijota plusieurs bonnes menteries à conter. Zéphirin potina:

— Ça bon! Comme ça, M. Lafontaine est votre beau-père! Intéressant! Un homme charmant! Il y avait là un étranger, un certain ... euh! ... un M. Nicolas, vous le connaissez?

— ... Nicolas?

— C'est ça!

— Ça s'peut pas! Nicolas, je l'connais, j'l'ai justement rencontré à Percé après-midi, y s'en allait à Gaspé, ça peut pas être Nicolas, pis l'gars qu'j'ai vu betôt avec le beau-pére, ben c'est pas l'Nicolas que j'connais!

— Étrange! On nous a pourtant bien dit qu'il s'agissait d'un M. Nicolas! n'est-ce pas, Alfred?

— Ben certain!

Étienne mit du glaçage à sa vengeance. Et tout ça sans être obligé de mentir.

— Cou don', vous deux, y vous est jamais passé dans l'idée que ça pourrait être c't'étranger-là votre contrebandier?

— Je ne sais pas. Voyons, comment pouvions-nous deviner? C'est la première fois que...

— C'est pas vot' métier de faire des enquêtes? Manquablement que vous avez pas l'nez ben ben long. Ça peut pas faire autrement que j'pense que ça peut pas êt'e d'aut' que lui. Pis j'connais l'beau-pére, y est toujours mêlé dans que'que affaire. On est pas grandement, mais on va s'organiser pour vous coucher tout' les deux, icitte ou dans la tasserie, y fait pas frette, ça fait que vous allez êt'e dgiguedou. Comme ça, vous serez sur les lieux demain matin. Pour la minute, suivez-moé!

La reine mère, qui sentait une confiance à toute épreuve jaillir en elle, invita Rodolphe Damphousse à coucher dans le lit de son feu et malheureux Victor, son fils aîné. La pluie écrivait sur le toit un conte de fées homérique qui n'avait cependant rien de rassurant pour les Lafontaine.

Le père Adelme avait depuis longtemps soufflé la chandelle et avait longuement médité, une pipe éteinte accrochée à ses lèvres, le regard perdu dans la densité de ses forêts.

... en balançant ses souvenirs et en clouant ses craintes au sol.

La reine mère s'était dépouillée de ses atours. Elle avait enfilé une grande jaquette blanche et à intervalles réguliers, tel un fantôme insécure, elle apparaissait dans tous les recoins des corridors. Rodolphe sursautait à chaque fois qu'il la voyait. Elle bâillait, cherchait son chevalier croulant, feuilletait des revues et faisait craquer les vieilles planches embovetées des planchers.

Une vraie foire aux hallucinations. Rodolphe se déshabilla et se glissa tout nu dans son lit, non pas que ce fût chez lui une habitude, point tant, mais dans cette maison de soleil, de fleurs et de tentations, l'oeuvre de chair étendait son tapis de sensualité. Il n'aurait pu dire exactement pourquoi, mais une grande excitation le saisit au plexus solaire (ou quelque part dans le coin...) et son membre se mit à grossir. Il pensa à l'eau bénite, au défunt Victor, au démon sorti des enfers, à la déchéance de l'homme et plus tard à la stérilité; il réussit enfin à maîtriser ses fougues vicieuses et à s'endormir mystérieusement tout en caressant la paillasse moelleuse faite de feuilles séchées arrachées aux épis de blé d'Inde, cette confortable paillasse dans laquelle il était effoiré comme un ogre repu.

Il n'eut guère le temps de se demander par quelle suggestion ou « sussuration » il lui était venu à l'idée de se glisser nu sous les couvertures.

Un rêve le transporta dans le tangage érotique du matelas de paille de la miroitante Chélidoine.

La veuve Scouchtard avait trop bu et Picassiette aussi. Ils ne tenaient presque plus debout. A leur âge! Tut, tut, tut!...

Diogène s'était découragé lorsqu'à la troisième gorgée du précieux liquide, il avait trempé sa sénillisime barbe dans la coupe d'argent; sa tendre Orphale, après maints petits cris, lui avait mordu la joue. Il s'était offusqué et avait laissé ce qui restait de boisson aux autres. De toute manière, à son âge, il était dangereux d'abuser et Diogène voulait vivre encore longtemps. Aussi, pour ne pas tomber trop vite dans les griffes du gardien du purgatoire, il croisa ses vieux bras et se contenta de rire beaucoup.

Il était tard. Proserpine, un peu éméchée et quand même épuisée, s'était retirée dans ses appartements. Orphale avait canté une épaule sur le bras du gros fauteuil et avait laissé tomber sa fine broderie par terre.

La veuve Scouchtard et son galant Picassiette ne se lassaient jamais de s'en donner à langue-que-veux-tu.

Ces coqueluches à trois étages. Divinement installées sur les nuages de la souvenance, gambadant à un rythme endiablé dans la richesse des aventures passées, elles s'emberlificotaient dans des discussions qui n'avaient plus rien d'épique.

Diogène riait. Dans ce siècle qui le dépassait, il ne cessait de s'agiter, les épaules galopantes, la barbe frissonnante, comme assis lui aussi sur la monture de l'immortalité.

Le saint Trio! La flambante Trinité!

... qui aurait pu à elle seule composer les paroles des Immortelles, un grand poème qu'un compositeur québécois, bien des années plus tard, ira cueillir sur leur tombe.

Les immortelles! ces odoriférantes fleurs des champs qui, dans leur vase sur la petite table du salon ou sur le vieux piano Brown William sculpté à la main, sifflaient leur allégeance à l'amitié.

... vous avez nom que je voudrais... et vous serez ma maîtresse... l'espace d'un...

Et dire qu'on avait jasé sur la veuve, qu'on avait dit qu'elle était une porte ouverte par laquelle on pouvait pénétrer sans frapper.

Picassiette donna un icki sur le bras encore ferme de la veuve Scouchtard et feignit l'audacieuse tentative de lui effleurer un sein.

— Touche pas à ça toi! T'as trop bu, j'te l'dis!

Un chaud lapin comme ça qui se contentait d'admirer, de contempler la plénitude et la fermeté d'un poitrail universel.

Et grâce à la photographie, aux effets spéciaux des années 20, il avait déjà immortalisé... (pour la légende et les fleurs) ces gros seins nébuleux.

Le gendarme rouge s'était enfoui dans un sommeil profond.

Il chausserait lui aussi les patins de la candeur et il irait faire le jars, une ombre de dédain affichée sur son visage, dans la communauté stiquée des cinq associés.

L'envieux!

Il était leur roi. Assis sur le trône de l'Arche, il leur commandait d'obéir, de lui enfiler ses bas, de le masser, le cajoler, le border... (un bon rêve).

Fichu de magasin général. Et maudit gendarme détesté par tout le monde. Andouille majestueuse évoluant à un rythme chiffré, calculé, mathématique, égorgeur public juste bon à piétiner l'honneur des Brebillois.

Une odeur âcre parvint à ses narines. Il s'éveilla.

Les gouttes de pluie qui martelaient ses cauchemars

s'étaient transformées en langues de feu (comme on lui avait appris dans le *Petit catéchisme*) et sa prise de conscience fut brutale.

Tout brûlait autour de lui et même si dans sa tête ensommeillée tourbillonnaient des ribambelles de piastres unies les unes aux autres, emportées dans la farandole endiablée des recettes de la journée, le gendarme rouge essaya de toutes ses forces d'échapper au four crématoire.

— Au secours, cafiére, j'étouffe, sauvez mon magasin, mes valises, sauvez-moé, j' é t o u f f e! Vite, au secoooooouuurs!

Lorsque les officiers-enquêteurs prirent connaissance, à travers vent et fureurs du temps, de la présence de la charrette et des chevaux attachés derrière la grange des Lafontaine, ils hochèrent la tête. Alfred en dodelina même très longuement.

Zéphirin Loranger, en gentleman consentant, réajusta bien sûr son imperméable et chapeauta la situation:

— Hum! ouais! monsieur Dallaire, nous vous remercions. Ça ne peut être vraiment plus clair. Les preuves sont éclatantes. De fil en aiguille, beau temps mauvais temps (et oubliant les services rendus de M. Dallaire qui, lui, avait la mémoire longue et menteuse)... nous avons été conduits jusqu'au lieu de la culpabilité. Nous vous remercions encore, nous vous remercions beaucoup. Dommage que... c'est bien ça, que votre beaupère soit impliqué dans cette affaire. Le jeune Nicolas qui ne doit pas être le jeune Nicolas... Décidément, le monde s'enlise dans de bien vilaines habitudes, n'est-ce pas, Alfred?

— Ah! ben, si tu l'dis mon Phirin!

— Zéphirin! Je m'appelle Zéphirin, tâche de t'en souvenir. Quelle joie! Mais, mais, monsieur Dallaire, c'est bien intéressant d'avoir découvert la charrette et les chevaux, mais les caisses de boisson? Nous n'avons aucune trace des caisses de boisson. Il faudrait peut-être fouiller la grange?

— Ça s'rait mieux pas à soir. Vous connaissez pas mon vieux goddamme de beau-pére vous autres! Moé, je l'connais. C't'un malade manteau, un mouniaque. Y peut tout' nous tuer drè-là. J'ai eu connaissance de que'que chose déjà. Y est dangereux comme on peut pas trouver, j'vous l'dis, vaut mieux attendre à d'main matin. Si j'vous contais qu'y a déjà pitché un pauvre cultivateur dans la riviére là-bas, d'un seul bras, par-dessus les arbres, les plus hauts. C'est pas pour le vanter que j'dis ça, c'est par rapport qu'y a rien que moé dans l'coin qui peut en v'nir à boutte quand qu'y est en crise. J'vous l'dis encore, c't'un malade...

... à se demander si le menteur ne jouait pas au bouffon. Alfred lâcha un rot dans la pluie.

— Voyez-t-y, on peut pas r'prendre not' chemin à soir, y mouille trop, pis faut pas trop s'éloigner par rapport à l'enquête.

— Hum! j'ai pas grand place! J'ai ben une vieille paillasse quequ'part dans l'coin d'une chambre pis y a la tasserie de foin...

Zéphirin s'anima:

— Je couche dans la maison. Mes rhumatismes, l'humidité. Toi, mon bon Alfred, t'es plus jeune, plus en santé, tu vas être très bien dans la tasserie.

— C'est encore moé! Si j'peux avoir un grade plus haut à mon tour! Plus jeune? On est quasiment du même âge!

— J'm'en vas vous montrer, v'nez!

Et le menteur leur en glissa deux trois pas piquées des chenilles sur le chemin du retour:

— C'est comme la fois où j'avais dis à la belle-mère, la mére Lafontaine, de t'nir mes combines au chaud... Ha! ha! la sacrament d'niaiseuse, a l'a chauffé l'poêle tout' une fin de semaine en plein mois de juillet pour t'nir mes intimités au chaud! (Chuchotant) A l'est por-tée sur les jeunes beaux hommes. Hum! la dinde!

Avec beaucoup de patience, Zéphirin écouta sagement les menteries de son hôte. Et c'est en se faisant craquer les mâchoires dans un endormitoire incontrôlable qu'il s'invita lui-même à dormir pendant que son compagnon-enquêteur-officier des côtes gaspésiennes blasphémait contre les maudits piquants dans le foin.

Une soudaine odeur de bois brûlé vint se mélanger à l'odeur de pisse forte qui se dégageait de la paillasse moisie sur laquelle Zéphirin ronflait de tout son être.

Que l'homme soit un géant ou qu'il soit un nain, il se trouve toujours, dans l'histoire et la mythologie, des êtres fascinants pour l'imaginer, le sculpter, le peindre dans le décor et dans les fables. Pour ressusciter le renard qui sommeille en lui.

Et si Rodolphe se voyait petit, si petit, infinitésimal, perdu dans les pelures géantes des épis de maïs, un grain de couleur chair dans une mer craquelante de grains jaunes, s'il tentait de s'échapper sur les cours d'eau issus des pics chauds des mamelons infantiles, si...

« ... glang, glanglou, gland... glong, gling, glong... »

Le lit craqua encore plus.

— Qui... qui est-ce?

— Chut! (Une voix éteinte) Il est tard, il pleut, chut!

— Mais...

Une main douce d'une rare intensité flatta sa poitrine à peine velue. Le rêve s'évapora. Une captivante réalité menait une paysanne franche, une poupée rustre dans les craquements de l'imaginaire.

Et maintenant!

Des images sur l'écran de son esprit. A toucher ce corps nu de princesse en mouvement, il devenait soudainement aveuglé par les images scintillantes d'un coucher de soleil fou.

Hold-up juteux, dans son lit. Kidnapping évasif, désir à peine masqué. La scène classique de ses rêves quand il touchait la femme, la déflorait. Il ne s'était pas couché nu pour rien, malgré démons, enfer, stérilité...

— Qui es-tu?

Une princesse en rut, indéniablement la plus fraîche, une jeune nymphomane sauvage. Gervaise, Rose-Alma, Clarisse ou Chélidoine? Elles le surprenaient toutes.

— Chut! qu'elle ne cessait de répéter.

C'est sûr que le corps humain d'un contrebandier de boisson forte a quotidiennement besoin d'exercices physiques. Le malheur veut que le temps lui manque et lorsque les occasions se présentent...

Le son magique d'une flûte érotique le précipita dans les limbes de la luxure. (Il tentait bien de réciter les numéros 38, 45, 66, 69... du *Petit catéchisme*.) Heureux comme un renard dans le jus de blé d'Inde; la nymphe évadée transposa dans sa tête des images poétiques et un carrousel saisissant vint se placer à l'arrière-scène de la magie des songes.

Il se fit cowboy, étalon, Don Juan.

La flamboyante s'étalait sur lui et buvait ses sueurs comme de la bagosse sucrée. Il sentit un souffle mesuré glisser sur les muscles de son ventre et une soudaine ventouse aspira son sexe à peine décapuchonné.

... sans paroles, maintes respirations, des milliards d'étoiles qui pleuvaient dans sa tête.

Les seins de la veuve Scouchtard.

Ils en avaient meublé des conversations et des soutiens-gorge. Ils en avaient fait bouger des grelots. Des seins chaleureux, solides, nucléaires.

Picassiette, qui avait souvent fait des jeux de mots sur les pets fripons, avait également participé plus souvent qu'à son tour à des envolées oratoires du type de: « Sa Sein-teté », une « sein-balle », « serre-toi la sein-ture, Arthur » et puis « la sein-taxe » s'y prêtant, faisait le « sein-ge » et ça n'avait rien de « sein-gulier ». Le plus-que-centenaire Diogène se roulait dans ses rires tandis que la veuve roulait de gros yeux qui n'avaient rien de... sein.

La langue, le goût, l'usage, la linguistique, la découverte des mamelons, la manutention... Du lait de femme, saveur femelle, folle et harmonieuse jeunesse.

Picassiette les immortalisait sur les toiles, les murs, les cartons, dans les cahiers noirs, de toutes les façons. Seins pendants, retenus, politiques. Grosse fille en santé, joufflue, petit NU vert détruit par le feu, seins du ciel...

Il les imaginait, comme ne cessait de lui répéter Diogène qui, dans des attaques choquantes, soutenait envers et contre tous que l'artiste, le bouffon Picassiette ne pouvait les avoir vus. Et pourtant!

Hier encore, à l'époque de la Troupe, il les avait peints sur une grande fresque collée à un mur du Chat Rouge (leur lieu secret de rassemblement), une oeuvre malheureusement disparue qu'il avait intitulée « La Vie Quotidienne ».

Des seins mémorables. Qui renaissaient avec chaque lever de soleil et qui se coloraient petit à petit.

A la vitesse des gros ventres qui ont maintenant changé de forme, se desséchant, se fendillant...

Ils se camouflent péniblement dans la chaleur d'un corsage pour se raffermir et rebondir au grand vent.

Et Picassiette les imagine toujours et les repeint sans cesse.

On put sauver à temps l'infortuné gendarme grillé dans ses couvertures avant que ne s'effondre à tout jamais la carcasse du magasin général.

Incommodés par la pluie qui devenait de plus en plus forte, les courageux Brebillois ne purent malheureusement sauver la vieille Dorilla, la pauvre servante mi-aveugle mi-paralysée qui n'avait pu réagir à temps et qui était morte asphyxiée dans son coqueron à l'arrière du magasin.

La vieille servante gaspésienne reposait enroulée

dans une catalogne puante sur le chemin en face de la chapelle-école.

Le petit magasin général n'était plus que cendres et ruines, un trou noir dans la nuit noire. La bâtisse de charpente avait brûlé comme une vailloche de foin sec. Le curé-colonisateur avait bien aspergé les flammes de deux trois « goupillonnées » d'eau bénite, les victuailles du gendarme rouge ne s'en étaient pas moins envolées en fumée dans des minutes de grande clarté.

— Ah! mon pauv' magasin général, mon pauv' butin, cafiére de cafiére, qu'est-ce que j'vas devenir?

— Vous êtes vivant, monsieur Proulx, bien vivant! R'gardez un peu vot' pauv' Dorilla. A l'a pas eu votre chance, a l'est morte ben tristement.

— Ma pauv' Dorilla!

Mais l'accent peu sincère de cette exclamation laissa perplexe les quelques Brebillois charitables qui sentaient la peine du vieux se porter plutôt sur les décombres fumants que sur la vieille servante.

Bien attachée à l'aide d'une épingle-à-spring sous sa combinaison, une enveloppe épaisse contenant environ mille dollars soutenait le moral défaillant du gendarme époustouflé.

Y'a quelque chose dans mon soulier,
Cordonnier
Tu m'accompagnes sur le sentier
Sur le sentier de mon métier...

La trompe suceuse aimait le taquiner. Elle s'y prenait fort bien. Les rêves germaient dans un cerveau comblé.

... mais ce n'était pas des rêves.

Rodolphe se roulait de plaisir sur sa paillasse. Des milliards de petits sorciers fougueux, enfouis dans ses reins, n'attendaient que la minute de vérité pour éclater au grand jour. Petits sorciers sucrés se bousculant dans l'espérance d'un futur.

La jeune frivole le caressait. Elle le transportait dans des univers cosmiques inconnus qui transperçaient la nuit de lueurs incestueuses.

La respiration frêle et saccadée de la jeune inconnue l'attisait. Elle s'allongea près de lui en meuglant tendrement. Il flatta cette peau douce de princesse meurtrie et avant de s'attaquer au mamelon très beau (coucou... chou) de la princesse, il sentit sous le sein droit une fine tétine granuleuse qui roula longuement entre ses doigts. Une tétine qui le projeta dans les souvenirs du petit pois de la paillasse, celui de la princesse des contes de fées qui avait les os si fragiles.

Il avait joui dans sa bouche avide. Et cette même bouche gourmande créait la fraîcheur d'un nuage en prenant le gouvernail du navire de l'érotisme. Deux lèvres closes et mafflues.

... tandis que sous les couvertures, l'escogriffe demeurait anéanti entre deux cuisses mâles. Rodolphe engloutit les seins avec une frénésie démentielle alors que la main suave de l'amante impromptue s'acharnait à faire grimper le mercure du thermomètre ému.

— Douce amie, inconnue, tu sens si bon le foin et la vie. Tu danses dans ma tête sotte...

Il écarta les jambes de la folle et en grognant bêtement, la langue bien ancrée entre les dents de l'amoureuse, il voulut la prendre délicatement.

— Mgnnn !

La frêle princesse au petit pois se dégagea des pattes de son doux animal et s'effaça silencieusement dans la noirceur opaque de la chambre sous les ligueli tigueli gélatineux et lancinants de la pluie.

Une princesse vierge qui n'avait pas voulu s'offrir aux gambades malséantes du bootlegger encore étourdi sur sa paillasse.

En essayant de se creuser un nid dans un tas de foin, Alfred Rochefort ragea intérieurement et maudit les indélicatesses de son hôte qui n'avait daigné offrir un lit douillet qu'à son animal de compagnon d'enquête, Zéphirin Loranger.

— Ça pue ici d'dans! Fichu métier d'misère, torpinouche de torpinouche! Aussi mal traité qu'un cochon! Y devrait y avoir des lois pour protéger les enquêteurs...

La pluie faisait un train d'enfer sur le vieux toit de tôle de la grange. Alfred reçut des gouttes sur le front, puis sur le nez, à intervalles réguliers, le supplice chinois.

Il changea de nid.

— Torpinouche de pluie! Maudit bed du câlice! Coin de crisse!

Et s'il se permettait de sacrer, c'est qu'il en avait assez. Il changea environ douze fois de place. Il se dénicha finalement un coin au sec et en glissant son sac sous sa tête, il tenta de s'endormir.

Sa main accrocha quelque chose de dur, en bois... Une caisse? Un rêve? Ou...

Il alluma son fanal. Dans une lueur coincée à laquelle ses yeux avaient de la difficulté à s'habituer, l'enquêteur frustré se décrotta un youpi vainqueur:

— Ah! ben, torpinouche! Ça valait la peine de v'nir s'faire mouiller dans une grange de colonie. R'garde-moé, mon pote, c'que j'viens d'ragorner là! Ça valait la peine en maudit!

Une bonne boîte de bois de bonne fortune, et sur laquelle on pouvait lire des lettres effrayantes:

« L ' A N S E - A - B R I L L A N T —
1 9 2 6 »

Puisque les filles ne vont pas à l'école,
Elles peuvent bien devenir nos maîtresses
Et nous leurs serviteurs!

Dans les vastes brumes de son étonnement, la veuve Scouchtard jubilait intérieurement.

— Le rôdeux à Dallaire! Le snoraud d'inefficace!

Elle avait eu l'idée de cacher cinq caisses dans la tasserie et de bien les camoufler.

Elle fit part de son action au vieux patriarche somnolent. Picassiette avait suivi les autres dans les bras égarés d'un Morphée écoeuré de la boisson.

— Y arrête pas d'nous faire enrager, le p'tit caporal. Y s'prépare une vieillesse infernale, tu sauras me l'dire.

— Les autres sont pas résistants, hein, Delphine? Déjà couchés, à leu' z'âges! J'ai jamais beaucoup dormi, moé. Du temps de ma jeunesse, la chasse, le trappage, ça m'donnait pas beaucoup l'temps de dormir.

— Tu t'souviens, Diogène, quand que t'étais parti, ça fait ben longtemps asteure, dans l'siècle dernier, quand que t'étais parti pour un long voyage? Un voyage plein de rêves, qui t'a pris ben du temps, ben du temps... T'en r'venais plus!

Des dessins d'enfants vinrent se graver dans les ondulations argentées de la barbe du centenaire.

... lorsqu'il s'était baladé sur les mers, sur le golfe, à bord d'une goélette, qu'il avait laissé reposer ses trawls et ses palangres sur les côtes et qu'il avait vainement tenté une aventure vers le sud, quelques hardis Gaspésiens à son bord, bravant les lois et les fureurs du temps.

Et durant tout le voyage, la demoiselle Delphine-destemps-d'alors avait froufrouté sur les côtes de l'Ansedu-Cap; elle avait été emportée avec les siens dans la géhenne des labeurs prisonniers, sous l'ombre des chapeaux de paille du midi; ses frères exploités, cousus de dettes, sous l'emprise des omniprésents Vorace des côtes gaspésiennes, ces Jersiais tout-puissants.

— On va l'faire not' spectacle, mon vieux Diogène, on va l'faire, juste pour leu' montrer!

La veuve Scouchtard laissa planer sur les souvenirs du centenaire un regard chargé d'amertume. Elle lui en avait toujours voulu d'avoir épousé la belle Orphale. Elle ne lui avait jamais pardonné.

Durant les périples les plus souvent ratés de son audacieux compagnon, elle s'était pourléché la vantardise à faire part à pleins quais de ses langueurs, de ses soucis et de ses ennuis, de ses imaginatifs ennuis, la longue ennuyance, accrochée à un croissant de lune, seule au monde ou dans la gueule des Vorace, sans son capitaine Diogène qui ne se doutait pas un seul instant de ses affinités.

Elle s'installa à côté de lui et dans la nuit qui pleurait aux portes verrouillées, elle se mit à hoqueter, à rire et à flatter cette longue barbe tyrannique.

Elle l'attraperait quelque part, dans sa barge, capable de manoeuvrer à elle une seine pirate dans laquelle elle se ferait un plaisir de le capturer vivant.

Un matin sans saveur. Personne n'avait envie de sortir. Les états d'âme qui persistaient n'illuminaient aucun intérieur mais pavoisaient la mer d'images dépressives.

Gervaise s'était levée tôt. Elle trouvait que ça sentait le feu, un feu de camp que l'on éteint avec de l'eau et qui tente malgré tout de survivre.

Ce matin-là, elle voulut jouer à cache-cache avec son art et c'est pourquoi, dans le brouillard effronté qui semblait donner le signal d'un sprint aux milliards de gouttelettes de pluie, elle se sentit lourdement inspirée.

Une chaise tomba et elle pleura. Un canard se fit entendre et elle soupira. La longue inspiration du matin.

Une nature morte qui germait dans sa cervelle et des grands doigts fins qui tambourinaient sur le carreau jaloux d'une petite aurore d'août. Et le chevalier servant sur son grand cheval blanc immaculé qui n'était toujours pas là.

Elle installa son chevalet à la fenêtre sud-est donnant sur une petite coulée descendant jusqu'à la rivière. De l'endroit où elle était installée, elle pouvait apercevoir la façade principale de l'Arche; une demeure superbe, pensa-t-elle.

Troublée.

Dans cette petite coulée fade et grisonnante, un monceau de galets et de pierres délavées embouchés dans des couleurs neutres donnaient l'aspect d'une sculpture aimée, le rocher Percé.

Quelqu'un avait dérangé le décor familier et c'est pourquoi, dans cet amas complexe, elle put se façonner un rocher bien à elle, stylisé, magnétique et petit, qu'elle s'empressa de coucher sur la toile.

Ses yeux faiblissaient. Elle avait cru entrevoir des lettres, des chiffres... on ne sait jamais.

Un rocher Percé immatriculé.

Dans un style corallien, elle traça des contours à la fois géodésiques et lamellaires.

Et sans savoir qu'un tendre inconnu, sommeillant sur la paille comme l'Enfant Jésus, avait lui aussi déchiffré le même code secret, elle put lire, bien au loin, dans un petit matin savonneux, ces lettres perdues:

« L ' A N S E - A - B R . . . . 2 6 ».

Le gendarme rouge était plus qu'ému. Il avait les cheveux comme un pinceau. Il avait la main droite brûlée au troisième degré, le pouce et l'index surtout.

Le bon curé-colonisateur de Brebille avait demandé à la mère Donahue si elle voulait bien recevoir le corps de la vieille Dorilla pour l'exposer sur les planches.

La mère Donahue! Celle qui donnait naissance à tous les bambins du village, la sage-femme.

— La graffigneuse! La v'là qu'a l'est encore partie dans les rangs. Son ch'val va encore se cambrer! Ah! la graffigneuse!

En Gaspésie, les accoucheuses professionnelles, celles que l'on craignait quand même un peu, portaient le nom de sages-femmes. Mais les autres, celles qui imitaient le métier, qui faisaient semblant, que l'on faisait demander parce qu'on avait pas le choix, toutes ces autres étaient surnommées « des graffigneuses ».

C'est donc la graffigneuse du village de Brebille, celle qui malgré tout semblait faire preuve de suffisamment de compétence pour se décrocher un diplôme de sage-femme, qui accueillit bonnement, sans épater personne, la dépouille mortelle de la pauvre Dorilla et le farfelu de gendarme flambant rouge (pour quelques jours seulement). Elle se fit aider et on installa la défunte sur les planches dans une petite chambre à débarras, sereine et sainte entre des dizaines de cierges encore éteints.

— Le galipoteux! Ça m'tente pas ben ben de l'accepter! Je l'fais pour vous, monsieur le curé. Passe encore pour c'te pauv' Dorilla (elle se signa), mais lui, un détraqué du yable! Un détraqué qui charche rien qu'à remplir sa tirelire pis ses poches! Je l'gard'rai certainement pas gratuitement! (En désignant la morte) Pour elle, j'ferais n'importe quoi!

— D'l'argent? Tout' a brûlé! Tout' a brûlé dans mon magasin, y m'reste rien!

— Cessez de grogner!

Le gendarme rouge se renfrogna dans son pansement. Le curé-colonisateur les salua:

— Madame Donahue, monsieur Proulx, merci... euh! Quelques jours seulement, les derniers hommages rendus, nous chanterons le service funèbre de la pauvre Dorilla, Dorilla... au fait, monsieur Proulx, son nom de famille?

— Furlong.

— Nous fixerons l'enterrement à dans deux jours. Ça vous va?

— Deux jours, pas plus! Ça sent vite un corps à c'temps-citte. Surtout si l'soleil s'met à vouloir sortir.

— Il ne semble pas. Bonjour!

Hi, hi, hi! (pensa le gendarme brûlé). Il sauterait la clôture. Le feu lui avait gagné l'esprit et peut-être un peu la jarnigoine. Pour être un bon gendarme, il faut de la patience...

Le gendarme de Brebille avait eu le temps de sauver des flammes son 1000 $ croustillant. Il n'en voulait pas plus, ni danser, ni chanter, ni waker. Il avait essayé de sauver sa fortune et il avait réussi. Il s'était tout au plus brûlé une couple de doigts. Bah! on les lui couperait. Ça n'avait pas d'importance. A son âge, il était beaucoup plus de circonstance d'être sympathique à ses dollars plutôt qu'à ses vieux doigts.

En Gaspésie, vers 1925, la mode était à la culture des petits pois (comme pour graver dans la nature l'aventure des princesses fragiles couchées dans leur lit). La luzerne poussait également de façon étonnante.

Le curé de l'Anse-du-Cap avait trouvé des disciples partout et il avait encouragé les colons de tous les villages environnants à se lancer dans cette aventure.

Comme le climat du bord de la mer était exquis pour ces cultures, le père Adelme Lafontaine avait également répondu à l'appel du curé, surtout qu'il possédait plusieurs arpents de terre cultivable propres à faire l'orgueil d'un chef de famille présomptueux comme l'était le bon colon.

En plus de la culture des petits pois, le père Adelme élevait des volailles. C'était dur, il en perdait souvent. Vous savez, à l'époque, il fallait compter sur ses propres ressources et sur ses talents cachés. Les gynévolailles n'existaient pas comme dans les régions évoluées.

C'est en se grattant le filtreur-à-soupe que le père Adelme jeta un coup d'oeil à travers la fenêtre de sa chambre.

Un brouillard impénétrable servait d'unique décor et une pluie gourmande ne semblait pas vouloir cesser. Si les poules avaient la possibilité de se tenir à l'abri des fureurs du temps, les petits pois s'accrochaient désespérément à leurs tuteurs en lançant des regards vides et juteux vers leur maître. Allait-il tout bêtement perdre sa prometteuse récolte?

On avait déjà vu pire dans le canton. Les insectes, la grande sécheresse, l'unique cyclone et la grippe espagnole.

Déjà que le gigantesque jardin se transformait, dans la froidure du mois d'août, en piscine non chauffée, les petits pois avaient de quoi se faire une somptueuse toilette.

— Viande-à-ménard! à matin, faut qu'j'arrange la grande scie du moulin pis mes pois qui sont en train de s'nèyer! La rivière qui s'gonfle sans allure. Maudit pays! Depuis une dizaine d'années, les malheurs nous pleuvent dessus. Ouais! la rivière grossit comme ça s'peut pas!

En effet, la rivière Portage semblait se gonfler beaucoup plus qu'à l'accoutumée, d'une manière bizarre, qui n'avait rien de familier et qui faisait un peu peur.

Picassiette s'était levé très tôt ce matin-là. Il avait également vu la rivière se fâcher et il était bien vite allé récupérer les caisses qui risquaient d'être emportées par le flux malicieux:

... un rein en compote, comme toujours. Il demanda à la veuve Scouchtard, qui s'était couchée tard, de l'aider. Elle cacha le tout dans l'atique car elle craignait le pire, l'envers des fureurs du temps.

Elle descendit bien vite épousseter le piano et réciter à tue-tête des vers de Corneille.

Au grand désespoir des autres vieux qui ne purent faire autrement que de se lever.

Julien, le jeune glabre des Lafontaine, presque banni par son paternel (et il ne savait pas au juste pourquoi), se dépêcha de sortir de la maison pour atteler dans la tempête. Il n'avait pas vu son père qui l'observait:

— Ousque tu vas à matin? Ousque tu vas toujours sans rien nous dire?

Depuis le début de la saison chaude, le jeune homme défrayait les conversations mais il ne perdait pas son temps pour autant. Il sentait que le pire s'en venait. Son nez d'adolescent était plus long que ne semblait l'imaginer son père. Il lisait beaucoup. Il savait, devinait qu'une crise économique leur tomberait dessus un beau matin.

Et c'est pourquoi il avait lui aussi appris des vieux pêcheurs de l'Anse-à-Beaufils le rude métier de la pêche. Il aurait aimé l'apprendre de son père mais ce dernier avait préféré la terre.

Ainsi, les prises étaient vendues aux Vorace moyennant la garantie écrite (mais il ne savait pas lire) de recevoir des victuailles durant les hivers à venir. Bref, Julien troquait son labeur et ses morues fraîches. Il les échangeait aux Vorace pour du sel, du sucre, de la mélasse, du tabac, de la fleur, des épices et même des fines soies, marchandises qu'il pourrait obtenir quand lui et sa famille en auraient vraiment besoin. Mais il était orgueilleux comme son père qui ne lui faisait pas confiance. Leurs confidences réciproques étaient aussi hermétiques que les bavardages des moines.

A tous les matins, il partait en direction de la forêt et il bifurquait par la suite pour ne pas laisser planer les soupçons sur ses véritables activités, surtout que les vieillards de l'Arche le chérissaient et s'intéressaient particulièrement à ses allées et venues.

Il allait pêcher avec ceux qui partaient plus tard, qui aimaient giguer sur leurs barges tous les avant-midi de la semaine et qui se préoccupaient moins de la fortune que des estomacs «voraces» de leurs nombreux enfants. Ceux qui aimaient laisser aux coqs les honneurs de la trompette.

Le jeune glabre étourdi.

— Viande-à-ménard! chus en train d'pardre ma récolte pis c'est un étranger qui m'donne un coup d'main, mon propre fils unique fait rien pour moé que d'aller user les forces de mon pauvre joual! Satané bâtard de laine! Tout l'portrait de sa mére... Un vrai escandale!

... d'aller user les forces du pauvre cheval. Julien avait trouvé louche la présence d'un autre attelage perdu dans les aunes derrière la grange. Mais il n'en avait parlé à personne.

Alfred Rochefort s'était également levé avec le chant du coq. Il s'était étiré les engrenages en reniflant les odeurs fétides de la batterie et en écoutant la ronde infernale des gouttes de pluie sur la tôle.

Il s'assura que les caisses étaient toutes bien à leur place et les cacha encore plus minutieusement. À bas les drapeaux, les odeurs de charbon, les métiers de misère. Au diable les bénédictins de forge, les sacristains du pays; il aurait la gloire régionale, nationale, mondiale, éternelle...

L'élégance n'était pas à son meilleur. Alfred enveloppa quelques bouteilles dans une vieille gazette qui traînait dans une auge et partit en direction du Summit (petite gare de Brebille située à mi-chemin entre le Shack-à-Farine et l'Anse-du-Cap). Il laissa le boghei des officiers à son ami Zéphirin et attendit patiemment que s'arrête le train.

C'est vrai que durant la nuit, la lune aime les sapins verts. Zéphirin lui pardonnerait. Il comprendrait sa démarche. Et puis, le suffisant de 'Phirin, il avait toujours tous les honneurs. C'était à son tour de connaître la gloire et d'être aimé par la lune et les sapins verts, de danser le ballet de la bagosse.

Monseigneur serait fier de lui. Enfin, un coupable, et des preuves plein la grange. S'il y avait eu un téléphone quelque part, ou un pigeon voyageur. Mais non.

Alfred siffla lorsqu'il monta à bord du train pour franchir dans la pluie les cinquante milles séparant le Shack-à-Farine de Gaspé. L'orgueil au garde-à-vous.

Julien, qui passait par là, se demanda comment il se

faisait que l'illustre officier n'était pas accompagné, en montant dans le train, de son non moins illustre officier bien mis, le supposé M. Loranger qu'il avait entrevu la veille.

Le gendarme de Brebille, encore bien vivant, avait été relogé par charité dans l'Arche au milieu de ceux avec qui il avait toujours voulu patauger, les vieux de la Troupe. Ces derniers n'avaient pas eu le choix, la mère Donahue n'avait pu le supporter plus de trois heures.

L'avare se prolongea dans des plaintes interminables, se lamentant qu'il ne lui restait plus rien, sinon sa déchéance accomplie d'ancien marchand général. Proserpine le toisa dans toute sa métamorphose.

La servante Dorilla était exposée chez les Donahue. La veuve Scouchtard pria longuement pour le repos de l'âme de l'infortunée bonne qui avait dû souffrir grandement des mauvais traitements du vieux jarnigoteux.

— On va aller la waker à soir, la bonne Dorilla, pendant que toé, mon rôdeux d'Isaac Proulx, tu te r'poseras icitte. Asteure, arrive par amont moé, montre ça c'te doigt-là. Ah! tu peux t'compter chanceux qu'on soye là! Ben chanceux! Du monde généreux comme nous autres, y s'en fait pus. (Elle renifla le doigt du gendarme.) Ma grand foi qu'a jamais menti, son doigt y pue! Y est en train de s'infecter en pas chrétien!

La veuve sortit son onguent magique: une recette miraculeuse, un médicament composé de crotte de poule, de saindoux et de carottes crues, le tout bouilli avec une herbe spéciale et refroidi à la température de l'eau de la rivière. Les narines fumantes, elle en badigeonna le doigt du gendarme rouge qui jouissait sans le dire d'un tel traitement.

— Imagine-toé surtout pas des affaires, là! Picassiette, Picassiette, apporte un plat d'eau frette pis mets-y un bloc de glace d'la glacière, m'en vas y braquer ça sur la plaie. Puff! ça pue vrâ, c'te doigt-là! Qu'est-ce ça va être demain? Lui qui est frais brûlé de la nuitte passée.

Bien bien bien en effet, le doigt du gendarme puait.

— Ma bonne Delphine, j'te remercie ben. (Et tout perdu...) La p'tite plante qui est dans l'pot là-bas, c'est-tu un arbre de Noël que tu fais pousser pour les Fêtes qui s'en viennent?

Il en avait perdu beaucoup. Le feu, assurément, la boucane, la perte de ses richesses, et peut-être aussi le remord.

On irait le soir même rendre visite à la défunte Dorilla.

— Bof! Puff! déjà que moi-même, quand j'pète, j'ai mal au coeur de mon pet! J'irai certainement pas sentir la marde des autres!

Alors là, sortie en règle de la maman, en pleine cuisine, elle qui filtrait d'ordinaire ses mots. La reine mère disait ça comme ça, parce qu'on lui avait fait savoir que peut-être, si les vieux ne suffisaient pas à la tâche, elle aurait à soigner le gendarme rouge. Et la nouvelle du doigt qui puait avait fait le tour du Shack-à-Farine.

— J'me suis dévouée toute ma jeunesse pis une partie de mon âge actuel pour ma pauvre mére qu'est partie ben vite pendant qu'a l'était pas jeunotte. J'me suis dépensée à tout' les jours pour une famille de bonnes filles (dans les griffes et les tenailles d'un mari un peu trop pompeux) pis en plus, j'ai pardu mon garçon, mon plus vieux. C't'une grosse épreuve, une ben grosse épreuve. J'me sus dépensée...

Clarisse était assise aux pieds de sa mère qu'elle écoutait pensivement en imaginant la mélancolie des larmes du ciel.

Comme la vieille indienne chaussée de sabots violets, la reine mère profitait du charme ensorceleur de la pluie pour tricoter ses plus beaux chandails. Elle était dans ses meilleures années et l'expérience qu'elle avait acquise à soutenir son pompeux de mari rendait ses doigts semblables à ceux d'une fée... d'une fée frustrée par un introuvable trèfle à quatre feuilles.

Cette princesse étalée de tout son long sur le plancher écoutait les pleurnicheries de la dame qui lui ressemblait le plus. La fille était pour la mère le petit miroir rustique qui lui retournait sans cesse son image d'adolescente. Exactement le même portrait avec cette unique différence que la frêle Clarisse avait déjà rencontré (elle était presque fiancée) son chevalier servant qui n'avait cependant rien de serviablement chevaleresque, un Mandoza Pelchat en bretchesses et culottes en étoffe du pays, solide Gaspésien de la côte tordue qui passait ses labeurs à piétiner les aunes et à retourner la terre.

— On sait ben, ces vieux-là, y seront jamais capables de garder le père Proulx, surtout dans son état! Mais qu'Adelme par z'emple arrive pas icitte avec lui! Mon poing en l'air pour le r'cevoir!

La reine mère soupira largement et regarda sa biche à ses pieds, son portrait tout craché:

— Ma fille, es-tu heureuse? Ton Mandoza te traite pas trop mal toujours? Y m'a d'l'air d'un bon garçon.

Avec ce petit rien tout nu qui n'avait que la façade de féerique, Clarisse accepta le compliment en regardant par la fenêtre le jeune Damphousse aller et venir dans sa plus large virilité.

... le vrai portrait de sa mère qui elle aussi regarda.

Étienne s'était levé avec la fougue d'un coq. L'épreuve auditive enfermée dans une chambre puante et qui consistait à remplir l'atmosphère de z...z...z... ronflants achevait de traumatiser sa jeune femme Stella qui le regarda:

— T'as invité du monde c'te nuitte? Des amis?

— C'est deux hommes que ton père a même pas eu la charité chrétienne d'garder à coucher hier au soir. (Il se sentait ombilical, sûr de lui, pointilleux, prêt à mettre son poing dans le polochon de plumes douces.) Sais-tu qui c'est, ces deux hommes-là?

— Comment que tu veux que je l'sache? Pis deux, où ça, j'ai ben entendu plus qu'une voix, ousqu'a l'est l'autre?

— L'autre est dans la grange. C'est deux hommes du gouvârnement, deux officiers qui font des enquêtes pour tout dire, qui sont venus par rapport à la boisson qui s'vend sur les côtes. Ma vieille, y sont pas sortis du bois les Lafontaine de ta famille avec c'te galocheux qui ronronne comme in chat bandé! Ouais! le jeune courailleux qui dort chez vous. Ça s'organise pour faire des anicroches au règlement, ça vient rôder par en bas-citte pour défier la loi pis le père Lafontaine, le beau-pére, ton PÈRE, est d'accord avec ça!

— Parle pas trop fort! Raoul dort encore pis le monsieur...

— Zéphirin Loranger. Un enquêteur parfait, un homme drette qui perdra pas une menute pour te m'ner, avec son compagnon, la plus grande enquête pour démasquer les coupables, ta famille! Sais-tu... sais-tu qu'osse qu'y ont trouvé juste en arrière de la grange che-z-eux, hein, hier à soir? Sais-tu?

— J'peux pas diviner.

— Un ch'val attelé à une charrette, justement l'attelage que ces bons messieurs cherchaient. L'attelage de bigosse!

Au même instant, léger dans une robe de chambre impeccable, Zéphirin vint se joindre à ses hôtes. Étienne n'eut pas le temps de faire de bien courtoises présentations, l'invité tendit la main vers Stella qui rougit comme une framboise.

Elle ne pouvait dénoncer son mari qui, dans un élan de rage, lui avait pourtant tout avoué.

Il n'avait donc pas menti!

Julien descendait dans sa charrette. Il allait mettre en

banque chez les Vorace sa survivance et celle de sa famille. Les riches commerçants habitaient l'Anse-à-Beaufils, tout près de l'Anse-du-Cap, un pays de pêcheurs et de vent salin.

Un bruit subit, inhabituel se fit entendre, sourd, comme lorsque le train tente de se frayer un chemin dans la tempête de neige.

Il s'était rendu compte, tout le long du trajet, que le volume des eaux de la rivière avait grossi. Il n'en crut pas ses yeux. Une partie de la Montagne Bénite avait glissé dans le cours d'eau. Les roches et la terre rouge continuaient tranquillement de descendre dans le lit de la rivière Portage.

La pluie avait rongé cette montagne fragile qui occasionnellement dans le passé, cependant que la colonisation prenait son essor, avait donné des signes de tremblement. Une large partie s'était effondrée et formait dans la rivière le commencement d'un barrage qui allait sûrement devenir dangereux.

Le cours d'eau n'en finissait plus de montrer son importance, de claquer dans la pluie, de rugir et de ronfler. Il réussissait difficilement à se frayer un chemin pour gagner la mer.

Julien pensa faire demi-tour. Bah! il s'en occuperait à son retour. Il avait un devoir urgent à remplir, celui de venger ses ancêtres et de faire avaler aux Vorace-du-beau-maudit les dernières dents cariées qu'il leur restait.

Une idée crue dans la tête. Le chemin était beaucoup plus haut que le niveau de la rivière et l'affaissement d'une partie de la montagne n'avait pas l'air aussi gigantesque qu'il l'avait d'abord laissé voir.

Au milieu de l'avant-midi, la pluie sembla vouloir cesser.

— Y est pas trop tôt, on était en train de tout pardre. Ouf! viande-à-ménard! j'l'dis encore,. ça peut pas être d'aut' chose qu'une malédiction de Dieu! Pis mon grand flanc-mou qui trouve pas mieux que d'fatiguer le joual à aller en bas. Va falloir dénèyer les plants de p'tits pois! Ben sûr qu'on était en train de tout pardre!

Rodolphe Damphousse que sa nuit de fraîcheur avait halluciné cabriolait dans les odeurs humides de l'avant-midi. Il flottait comme une goélette sur les mers houleuses, le coeur dans la ouate, des vapeurs grises s'échappant des pores de sa peau.

La reine mère et les belles princesses (Gervaise en moins) étaient toutes affairées à frotter, laver, éplucher patates et carottes, à balayer les catalognes et à replacer les meubles. Rodolphe les dévisagea longuement. Elles étaient de toute façon toujours très angéliques, ni le front trop pâle ni les joues trop rouges, comme imprimées sur les images pieuses que distribuait le curé-colonisateur de Brebille à ceux qui marchaient au catéchisme.

Une nuit de roi. Il pensa à la princesse au petit pois. Qui était-elle? Et tous ces défis à relever! Chélidoine? Sûrement. Elle était la seule à frémir du museau. La plus puérile et maladroite. Elle cassa même une jolie soucoupe en faïence.

— Fais attention ma fille. T'as l'air fripée à matin! T'as mal dormi?

— ... non, ... non.

Rodolphe n'en était plus sûr. Clarisse avait trop l'air fallacieuse et Rose-Alma, malgré ses regards pervers, semblait se méfier de lui. Mais ces dernières ne l'intéressaient pas. Il voulait que ce soit Chélidoine. Elle seule. Divine.

Le père Lafontaine toussa.

— A matin, mon jeune, tu vas v'nir m'aider à tout r'mettre en ordre. Asteure que l'soleil se mont'e le bout' du nez, faut r'lever nos manches pis réparer les pots cassés. J'ai pas les moyens de pardre ma récolte. Hurrah! les p'tits pois attendent après nous autres, pis l'moulin, pis les clôtures... Les cultures, les pataques encore, y en ont pris un coup eux autres itou! On dirait que depuis que'ques années, j'sème des quarts de germes comme à l'accoutumée pis les pataques s'rendent pas à l'automne. Y en a une batée qui pourrit dans la terre! Faut pas, faut pas! Viens-t'en...

Rodolphe regarda les jeunes abeilles avant de sortir. Il se sentait faux-bourdon.

Étienne se tenait près de sa maison. Le père Lafontaine lui montra son poing. Étienne ne passa aucune remarque. Il savourait sa victoire future. Il lui fallait du temps.

... Bravo! Le père Adelme ne s'était pas dirigé vers son étable.

Le menteur rentra chez lui.

— Comme ça, ma bonne dame, vous vous êtes soignée vous-même! Ça tient du miracle! C'est incroyable!

Zéphirin savourait une délicieuse tasse de thé accompagnée de crêpes, de mélasse et d'un peu de graisse de rôti. En Gaspésie, c'est la nourriture qui accompagne le thé, véritable eau-de-vie des colons. L'officier-enquêteur aimait ces déjeuners de campagne. Stella le servait avec maladresse. Un enquêteur! Surtout qu'elle savait que son Étienne devait tremper dans une histoire louche. Le petit Raoul sortit et se mouilla les pieds dans les herbes hautes. Il se dirigea vers le château des Lafontaine qui l'accueillirent avec joie. Stella ne le quitta du regard que lorsqu'il fut dans les bras de sa grand-mère.

— Êtes-vous allée à Gaspé à l'Hôtel-Dieu?

— Y a pas de soin! J'y ai... j'y ai passé une couple de semaines. Ah! oui! ...Les errigieuses ont été ben bonnes pour moé! Ben bonnes...

Elle s'arrêta l'espace d'un souvenir, une ombre fondante accrochée à sa paupière.

— Heu! Étienne, 'Tienne! irais-tu qu'ri d'l'eau à la r'source?

— D'l'eau? Tu trouves pas qu'y en a assez tombé?

Il installa sur ses épaules le joug-à-eau, cette espèce de barre de travers à laquelle il accrocha deux chaudières et traversa les deux arpents qui le séparaient de la source.

— Oui, monsieur?

— Loranger.

— Monsieur Loranger! Vous croyez être sur une piste. (Confidente) Vous savez, c'que mon mari vous a dit j'peux quasiment pas y croire. Mon père, y est pas contrebandier (même s'il braconne de temps en temps, pensa-t-elle), j'peux vous l'jurer. La charrette pis le ch'val, ça peut être n'importe qui qui a attaché ça en arriére de la grange. Vous savez, faut pas s'fier aux apparences...

— Mais le jeune homme qui est là, le supposé M. Nicolas.

— P'tête. Ça doit pas être un mauvais gars, pis vous avez seulement pas trouvé de bouteilles.

— Certes. Je ne dis pas que votre père soit coupable, mais avouez qu'il y a tout lieu de faire une enquête. On ne peut pas ne pas rétablir les faits. Non. Nous irons tout à l'heure parler à votre père. Il aura certainement une bonne explication à nous donner. Au fait, l'avant-midi progresse et Alfred n'est pas encore levé.

— Alfred?

— Oui, mon compagnon, Alfred Rochefort.

Stella échappa sur le sol sa planche à laver qui cassa sur le coup.

— Madame, excusez-moi, j'ai peut-être dit...

— Heu! une faiblesse... non. Excusez-moi. Ça me fatigue assez l'histoire de mon père.

— Je vais aller voir à la grange.

Stella s'empressa de ramasser la planche à laver et de balayer les morceaux de verre ondulé tandis que Zéphirin ne cessait d'excuser l'attitude de son compagnon qu'il alla réveiller.

Il trouva toutes les paillasses vides. Il chercha partout, dans l'étable, derrière la grange. Il cria un peu, faiblement, de tout petits petits petits Alfred maigrichons et se gratta finalement la tempe droite.

Décidément, ce bon Alfred!

La pluie avait cessé. Malgré cette intéressante réalité, Proserpine soutenait envers et contre tous que la rivière continuait à gonfler. Picassiette la croyait et la défendait. Elle était sa soeur et il l'avait toujours soutenue. Il n'allait sûrement pas faire exception à cette règle maintenant qu'il était au bout de sa vie.

Il faisait cru dans l'Arche. Proserpine demanda à son frère têtu de faire une bonne flambée. Elle alla souvent regarder les brûlures du gendarme rouge. Décidément, son doigt puait plus que jamais. Elle tenta d'y regarder de plus près mais ne put voir grand-chose, sa vue s'affaiblissant avec les jours qui fuyaient plus rapidement qu'elle ne le désirait. Elle lui dit d'une voix tremblotante :

— Orphale va nous faire cuire une bonne poule à midi. Moé, j'vas faire des beignes.

C'était sa spécialité. Le gendarme le savait et il montra sa bonne humeur en flattant ses dollars. La veuve Scouchtard intervint :

— Voyons, asteure, des beignes! Si c'est pas malheureux! Proserpine, à quoi tu penses don'? La maudite graisse, j'ai toujours peur que l'feu prenne ou qu'y arrive que'que accident. T'es pus jeune, tu sais. C'est pas des farces, au commencement, c'était pour pas que t'ankyloses pis t'as pris ça au sérieux pis t'en as fait' une spécialité. Ôte-toi ça de d'dans la tête!

Mais la veuve Scouchtard savait très bien qu'il était inutile de déployer des montagnes d'arguments et de tenir tête à la suave Proserpine.

Elle jugea que la chaleur du poêle n'était pas assez forte et elle demanda à Picassiette d'y glisser quelques morceaux d'érable supplémentaires. Elle sortit un gros chaudron rempli de graisse figée (celle des trois ou quatre batées de beignes depuis les Fêtes). Le poêle se mit à gronder et la graisse à fumer, lentement, alors que le gendarme rouge se plaignait d'un mal insupportable à son index.

La fragile cuisinière prépara la pâte dans laquelle elle mettait toujours trop de muscade. Elle découpa une languette et, pour vérifier, la jeta dans la graisse bouillante. Parfait!... c'était parfait. Un crépitement frivole se fit entendre dans l'Arche et la bonne Orphale vint aider son amie:

— Proserpine, tu m'épates!

— Sainte-Mère-de-Dieu! organisez-vous pas pour vous brûler! On n'a assez d'un éclopé dans la maison!

— Delphine, sainte! Asteure, on sait c'qu'on fait. Lâche-nous don'... On t'empêche pas de rôder sur la charrette, nous autres! Une bonne fois, tu vas timber dans un canal pis on va te r'trouver en charpie. Cuire des beignes, y a pas de saint danger, c'est just' un bon exercice pour le dos. Envoye, Orphale, passe-les dans le sucre!

Le travail à la chaîne allait bon train. Proserpine échappa sa cuiller dans la graisse meurtrière.

L'habitude, probablement! La pauvre vieille spécialiste des beignes plongea machinalement son bras pour aller la chercher, exactement comme on plonge un bras dans une bassine d'eau savonneuse.

Les chairs se mirent à cuire.

La pluie faisait maintenant place à un soleil laiteux.

Julien franchit la porte du magasin général des Vorace. Ce matin-là, il aurait dû prévoir que les barges resteraient ancrées au quai de l'Anse-à-Beaufils. En bon pêcheur qu'il était. Il en profita pour aborder un épineux problème avec le gérant de la compagnie:

— Mes prochaines prises vont être partagées; j'dois penser à en séparer pour l'hiver, en saler des quintaux pour nous autres, la famille!

— Y aura pas de partage!

Cette phrase avait été dite avec un accent jersiais reconnu sur la côte.

— Hein?

— T'as ben compris. Y aura pas d'partage, on a
plous besoin de rien, plous de moroue, on en a assez!

— Ah! justement, le mois passé, vous pensiez en
manquer!

— Le mois passé, c'tait le mois passé!

Julien se sentit frustré. Sans un sourire, timidement,
comme frisant la catastrophe, il demanda son dû ou du
moins la garantie formelle d'obtenir des marchandises
le temps venu. Il sortit deux papiers de sa poche.

— Un papier, mon gars, quel papier?

— Mais...

Maudit! s'il avait su lire aussi!

— ... mais c'qui est écrit dessus? Que vous avez si-
gné, r'gardez, les deux, pis j'ai mis ma croix.

— Là-dessous? Ha, ha! Innocent, stoupide! C'est
tout au plous un papier pour se torcher. Cora! Cora!

Mais Cora ne lisait que l'anglais. Le commerçant
Stanley Vorace se leva promptement et saisit le jeune
Lafontaine au collet.

— Pauvre fou, colon! (Il lut) « La loune est ronde, la
pêche est bonne, il pleut toujours... etc. » Ah! c'est pour
venir faire le powète que tou viens m'apostropher dans
mon magasin!

— Mais, mais...

Julien regarda son exploiteur vorace, les yeux perdus, malheureux, comme une morue prise au gigger.

— T'as jouste à apprendre à lire, maudit Gaspésien
tout' nu, rien que bon à faire d'aut' p'tits Gaspésiens
encore plous tout' nus qui sauriont jamais lire non
plous!

— C'était entendu que...

— Y a rien d'entendou sur c'te papier-là. J'vous dois
rien, à personne.

— Aïe! vous nous d'vez beaucoup, toutes les morues
que j'vous ai laissées en échange de...

— Quelles moroues?

— Les morues que j'ai pêchées avec les vieux de l'Anse, le père Couture, pis le père Bernatchez. Y vont vous le dire, eux autres.

— Leur parole vaut pas grand-chose. Pis assez discouté. J'ai pardou assez de temps, j'ai des tas de choses à faire autrement que de niaiser avec toé, surtout que le soleil apparaît... (ironique) le soleil, pas la loune ronde. Ha, ha, ha! Ouste!

— Vous allez me payer ça!

— Ouste! aïe! out!

Et le marchand Stanley Vorace attrapa le jeune illettré par le fond de culotte et l'envoya méditer dans un petit canal rempli de boue. Il était près de midi et les rayons du soleil achevaient de chauffer les herbes scintillantes de la falaise.

Le père Adelme regarda longuement la grande scie de son moulin en ayant l'air de ne pas savoir par quelle courroie commencer.

Chélidoine, sa fille chérie, vint lui porter de l'eau. Rodolphe la trouva planétaire. Il était encore sous le choc d'une nuit d'amour que l'aube avait bien voulu éteindre. Les galopades passées le remplissaient d'ivresse.

Au même moment, et sans demander à personne, Étienne entra dans le moulin, son protégé à ses côtés. On peut dire protégé car d'autres semblaient avoir les leurs. Sans demander à personne, comme ça, sans permission aucune. En campagne, on ne demande pas de permission pour entrer dans un moulin, il appartient, comme on dirait, à tout le monde et tout le monde s'y sent à l'aise. Adelme se rebiffa:

— Quin, quin! viande-à-ménard! qu'ossé que tu viens fouiner icitte aujourd'hui? T'as pourtant pas l'accoutumance. Pis avec un étranger à part de ça, t'nons-nous ben!

Zéphirin, visiblement mal à l'aise, toisa d'un geste

creux et d'un regard onirique une situation qui, c'était inévitable, allait revirer à la compote.

Deux paires d'hommes pesant chacun leur poids massif et qui semblaient déjà s'affronter sans trop savoir pourquoi. D'un côté, les deux solides du château, méfiants, besogneux, occupés à réparer les installations brisées et de l'autre, deux hurluberlus à cornes en soif de justice ou de vengeance ou... de tout ce que vous voudrez d'autre.

Rodolphe devina que ça allait tourner à la compote, au vinaigre, à la pisse de chat. Il s'affaira à son travail en se pourléchant les babines à la vue des petits seins droits de la douce fifille à son père. Il laissa les acteurs du drame se prendre aux cheveux (au fait, de quel drame?) et pria quand même pour que son protecteur ait le dessus.

— Vous pourriez nous présenter le jeune monsieur qu'est avec vous, baptême!

— J'ai pas à t'présenter parsonne, parsonne autrement que si tu m'demandes pourquoi. Quin! (en indiquant M. Loranger) tu vois, moé, j'ai pris mes informations avant. Le monsieur qu'est avec toé, ben j'le connais... J'sais que c'est un monsieur qui fait des enquêtes pour la boisson. Y est venu hier au soir che nous, pas vrai?

Zéphirin n'allait surtout pas lui dire qu'il avait été bien reçu. Il s'était senti délicatement mis à la porte. Et quoi donc! Même pas si délicatement que ça. Devant cette nouvelle arrogance du père Adelme, il laissa ses airs timides et solidifia son assurance. Le soleil donna une tape sur l'épaule du moulin. Il n'était pas trop tôt.

— Hum! monsieur Lafontaine (il ne pouvait pas dire «nous», son compagnon d'enquête avait fiché le camp), ...je me vois dans l'obligation (il regarda Étienne qui jubilait)... c'est que, oui, nous, euh... je... nous vous avons rencontré hier soir (et il s'échappa bien dur) mon ami Alfred et moi...

— Alfred, votre ami? A iousqu'y est au juste?

La vapeur allait se renverser toute seule.

— Je ne sais. Nous ne l'avons pas encore vu aujour-
d'hui. Il doit être parti prendre une marche ou visiter les
environs. Toujours est-il que nous vous avons fait part
du fait que de la contrebande de boisson forte se faisait
sur nos côtes et que nous avions tout lieu de croire que
le... les coupables peuvent peut-être se tenir dans la région, vous me suivez?

— Ben comme y faut.

— Eh bien, monsieur Dallaire, votre gendre, c'est
bien ça, enfin, en nous promenant cet avant-midi, comme par hasard, nous avons trouvé un attelage derrière
votre grange, justement l'attelage que nous poursui-
vions depuis plusieurs jours. Nous... je dois en conclure
que...

Étienne se frottait les mains de satisfaction:

— Ben oui, l'beau-père, on est toujours ben pas pour
s'faire accuser pour ceux qui sont coupables. Ben oui,
un joual attelé à une charrette justement en arriére de
vot' grange...

— Toé, farme-toé! Farme ta viande-à-ménard de
grand gueule! J'sais ben qu'ta gueule est pas un trou de
cul pis qu'a s'farme pas tout' seule, ben F A R M E -
L A pareil! Un joual en arriére de ma grange, asteure!

Il lança ses outils avec une violence inouïe et partit
en direction de sa grange. Rodolphe, resté seul avec les
deux néo-officiers, en l'occurrence Zéphirin et son ad-
joint Étienne déchiré par sa vengeance et ses frustrations, s'occupa de ses affaires. La belle Chélidoine avait
suivi son père.

— Toé, mon jeune, y paraît que tu t'es fait' passer
pour un certain M. Nicolas?

— Euh! une erreur, sûrement, j'ai mal entendu, ou
mal prononcé. M. Nicolas était peut-être là hier soir.

Zéphirin se gourma:

— C'est vrai que vous nous avez trompés si vous
n'êtes pas M. Nicolas, c'est vrai. Majestueusement
trompés! Si vous n'êtes pas M. Nicolas, vous devez être
Rodolphe Damphousse, le jeune contrebandier que
nous cherchons depuis plusieurs jours déjà, ce jeune

homme criminel que nous faisons maintenant plus que soupçonner, que nous allons accuser.

— J'ai pas à vous répondre, absolument pas!

— Vous aurez à répondre un jour. Il vous faudra alors vous identifier. Or, je connais des gens qui sauront vous reconnaître, vous démasquer. J'ai même le pouvoir de vous arrêter sur de simples soupçons et avouez que maintenant, il y a tout lieu de croire que vous êtes bien celui que nous cherchons...

A ce moment, le père Lafontaine entra dans le moulin. Il venait de fouler les hautes herbes mouillées de ses champs et ses culottes en étoffe du pays ne demandaient qu'à être tordues. Chélidoine le suivait de très près.

— Viande-à-ménard! torieux de torieux! blasphème hypocrite! Y a une charrette pis un joual qui sont pas à moé en arrière d'la grange, pas à moé!

Et il déchira un morceau de son chapeau de feutre avec ses dents. Chélidoine avait les seins relevés et les mains derrière le dos. Elle défiait d'un regard terrible son immonde beau-frère.

Le reine mère Élisabeth invita le juste Diogène à venir fouiller avec elle dans les dépotoirs de Brebille. Il refusa tristement. La raison était bien simple: les atroces brûlures de Proserpine retenaient tous les vieux à son chevet. De toute façon, elle aurait dû le savoir, la hanche droite du centenaire le soudait à un fauteuil. Une hanche en papier mâché, pensa-t-il.

... et Dieu qu'il aimait les dépotoirs le long des ruisseaux, qu'il y avait passé de bons moments et que le sacrifice était cruel. Que de choses il allait y déposer, autrefois, et que de choses aussi il allait y chercher.

Où croyez-vous qu'il ait pris les merveilleuses boucles d'oreille rouillées qu'il avait données à sa tendre Orphale? Et les bouteilles vides, les vieux meubles brisés, les chapeaux dans lesquels les rats se faisaient des nids?

Sans ses dépotoirs, le coeur n'y était plus. Pour Diogène et la reine mère. Il était situé à mi-chemin entre le Shack-à-Farine et Brebille, un beau petit dépotoir étrange, rempli de trouvailles et d'une grande fantasmagorie.

Que le sacrifice était grand! La reine mère soupira. Une si belle journée, et cet arc-en-ciel qui narguait la tempête, la pluie, cette pluie que tentait de boire un sol durci. Les eaux de la rivière Portage étaient rouges. Elles bouillonnaient sans cesse et ne semblaient pas vouloir reprendre leur volume habituel.

Pour se consoler de tant de frustrations, Élisabeth-latrès-royale grimpa jusqu'à son grenier pour y entreprendre le grand ménage qu'elle n'avait pas eu le courage de faire au printemps.

Elle fut bouleversée. Un fouillis indescriptible se faufila dans son regard. Des boîtes démolies ou pleines de poussière, des tonnes de couvertures, des montagnes de manteaux, de jolies robes crêpelées et de lourds chapeaux de toutes les couleurs, véritable basse-cour de surprises. A chaque fois qu'elle montait ainsi à son grenier, la reine mère Élisabeth-la-très-cocasse prenait des postures romantiques. Elle flirtait avec ses souvenirs tout en faisant la fête. Un bras en l'air, une boucle audacieuse, les lèvres entrouvertes, le genou provocateur. Si son Adelme avait seulement pu l'entrevoir quelques secondes!

Elle se sentait comme un petit hamster gourmand. Elle aurait aimé grignoter toutes ces choses tant elle les chérissait. Elle aurait aimé s'empiffrer, se gaver d'autrefois, de jadis et voler comme un moustique insignifiant.

Des boîtes pleines de retailles, une baratte à beurre, un rouet fougueux (qui avait dû être fougueux), des chaises artisanales à deux ou trois pattes, rarement quatre, des toiles et des toiles et des toiles d'araignée d'où jaillissaient des pluies de grains de poussière.

Cette chère Élisabeth qui était venue au grenier avec l'espoir de déclarer la guerre à ces pluies de grains de poussière, voilà qu'elle plongeait son regard dans un harmonieux choix de dessins froids et de cartes colorées, oeuvres de sa mère morte en griffonnant, et de sa Gervaise qui allait certes lui ressembler. Elle se sentit bien lasse et, en soupirant, comme pour rehausser son éternel mécontentement, elle se laissa choir sur un minable matelas.

Personne ne venait jamais au grenier. Presque jamais. Gervaise, à l'occasion. Bof! Aveuglée par tant de somptueux regrets, par tous ces souvenirs qui s'exprimaient, elle se dit qu'elle ferait le ménage au printemps suivant. Un pouce de poussière de plus, après tout, ça n'a jamais tué un cheval.

Elle rinça son sourire au soleil gaspésien qui se faufilait par l'oeil-de-boeuf, un soleil sifflant. Elle feuilleta de vieilles gazettes dans lesquelles elle se plaisait à réunir, assembler, consolider des intrigues amoureuses, les inventant au moyen de découpages diaboliques, la reine Victoria dans le lit du magnifique Charlie Chaplin, des positions sauvages, glorieuses.

Elle s'évada pour quelques heures dans le faste et le luxe des châteaux imaginaires de ses désirs brimés.

Et quel château! Son Adelme lui avait tout au plus construit un iglou, une cabane de pauvreté, un shack morveux, un petit shack-à-farine. Qu'était sa maison à côté des châteaux rêvés? Son château à elle, avec sa ribambelle d'enfants.

Un iglou. L'iglou dans son coeur, dans tous les espoirs de sa vie, de sa jeunesse. L'iglou glacial. Et l'architecture de l'iglou dans son coeur n'obéissait nullement aux règles précises de la mesure ni à ses aspirations.

Elle essaya quand même des fourrures, des châles et des jupons, en tourbillonnant sur elle-même, folichonne et neuve, transportée dans un univers où les rêves s'enchevêtraient et se fondaient dans la lumière et la chaleur de l'air.

... jusqu'à faire fondre les morceaux de glace qui formaient la structure de l'iglou dans son coeur.

Une souffrance sidérante se lisait sur le visage de l'infortunée Proserpine qu'on avait délicatement allongée tout à côté du satané gendarme rouge. Ce dernier n'en demandait pas plus. Une femme dans le pollen de l'âge, allongée à côté de lui sur un canapé moelleux dans la maison jaune aux carreaux verts, l'Arche bien-aimée.

Le bras de la vieille était dans un état lamentable, pour ne pas dire épouvantable. Orphale, avec une sérénité surprenante, avait jugé bon de jeter l'huile à beignes où flottaient des morceaux de peau gonflée. La veuve Scouchtard avait immédiatement rempli une cuve d'eau glacée. Elle avait découpé dans un grand drap blanc des lanières robustes et les avait enroulées autour du bras de la malheureuse. Puis elle avait plongé le cataplasme de bonne fortune dans la cuve glaciale.

Picassiette, qui ne pouvait supporter ce grand malheur, était allé désherber autour des fleurs qui ornaient si gentiment la devanture de l'Arche. Il aimait prendre soin des plantes. Jadis, à l'Anse-du-Cap, il était le champion, l'as des plus belles terrasses. On se l'arrachait. Les hôteliers de Percé venaient lui demander conseil. Il y avait bien longtemps de cela, mais il avait encore l'oeil décoratif.

Proserpine geignait faiblement et de grosses larmes roulaient dans ses yeux. Elle savait qu'à son âge, elle perdrait son bras; on le lui couperait.

Diogène était près d'elle et lui parlait tendrement, aussi doux qu'un ours blanc sur son bloc de glace en Alaska. Une bête hurlant son amour déchu. Il ne savait que dire. Le teint de la blessée avait pris une couleur laiteuse qui se confondait bêtement avec la pureté de sa barbe immaculée.

Que pouvait-on dire? La douce et gentille et si aimable Proserpine, celle qui prenait soin de tous et qui se risquait sans cesse dans des avenues dangereuses, qui sautait sur les expériences les plus fascinantes là où son âge lui interdisait d'aller, comme ça, pour faire plaisir, gratuitement, comme une bonne maman. Et qui n'aime pas les beignes!

A ce moment précis, le jeune Julien revenait de l'Anse-du-Cap et franchissait la voie ferrée. Il vit apparaître la veuve Scouchtard qui l'arrêta au passage. Elle lui expliqua le drame et grimpa hardiment à ses côtés.

Le soleil était doux, les herbes séchaient, les oiseaux retrouvaient leur entrain en sifflant dans l'écho de cette journée précieuse où l'arc-en-ciel peignait sa belle chevelure de douceur.

Il fallait vite aller quérir le docteur à Percé.

Lorsqu'il foula le sol de Gaspé, Alfred pensa à Jacques Cartier. Il pénétra chez sa soeur Cécile, une célibataire style « semelle de botte ». Il lui demanda à souper.

Il était tard le soir. Il ne pouvait certes pas mettre trop rapidement à exécution le fantastique projet qui lui tenait tellement à coeur et qui lui tordait les boyaux.

Comme une poubelle creuse sur roulettes que l'on remplit de papiers chiffonnés, il bourra la cervelle imaginative et romantique de sa soeur de nouvelles effilochées. Il la remercia sauvagement et monta se coucher.

Lentement dans son souvenir, mollement. Réfléchissant. Et maintenant, il savait. Cette femme qu'il avait connue à l'hôpital de Gaspé, connue mieux que lui-même, cette femme lucide et courageuse qui l'avait épaté. N'était-elle pas originaire de Brebille? Il se souvenait même qu'elle lui avait parlé d'un Shack-à-Farine et, depuis, il avait oublié. Mais maintenant, ça lui revenait. Cette femme de l'autrefois, du jadis! Elle se nommait Mme Dallaire. Et s'il s'était arrêté chez LES DALLAIRE du Shack-à-Farine. L'honneur, l'orgueil et l'exploit lui avaient fait oublier cet instant du passé. DALLAIRE! Il semblait d'ailleurs n'y avoir qu'une seule famille portant ce nom.

Il s'allongea sur son lit. Des souvenirs engloutis sous

les couvertures, la si belle et si vaporeuse Stella (qu'elle s'appelait). La si tendre et si juste.

« A la revoyure, belles épelures! » lui avait-elle dit. Une expression de par chez elle.

Et voilà qu'il avait été si près d'elle, encore une fois, ne sachant pas, ne se souvenant pas.

Il irait voir Monseigneur le lendemain même avec ses échantillons précieux. Il en profiterait bien pour se venger du mari. Car Étienne était-il véritablement le mari de la dame de l'hôpital, celle atteinte de tuberculose et qui était allée se guérir chez elle? Il croyait se souvenir qu'elle lui avait vaguement parlé de son mari Étienne et d'un enfant.

Étienne, le salaud! Ça devait être lui!

Une patte de velours à sa chance. Pour la belle tuberculeuse qu'il allait conquérir, il écrirait des chansons au soleil.

Et qui sait? Une famille à fonder, une petite lueur d'espoir, une toute petite patte de lièvre à laquelle il lui fallait s'accrocher.

Alfred se leva et regarda par la fenêtre:

— Ouais! la lune a les cornes en haut, a se charge de marde! La belle température aura pas duré longtemps!

Lorsque Zéphirin quitta le moulin à scie avec son hôte Étienne, il ne s'attendait certes pas à la remarque qui lui transperça le dos:

— C'est vous autres, viande-à-ménard, qui a tout' organisé! Ça m'surprend pas de toé, mon sarpent de gendre du maudit! J'dis pas ça pour vous, m'sieur Loranger, vous faites vot' métier. Mais lui, c'te raté-là, c'te Jésus-Christ! J'me demande pourquoi j'ai accepté d'y laisser la main de ma pauvre Stella. A l'est malheureuse sans bon sens!

Étienne se retourna. Un bloc de glace lui fondait dans le dos sous un soleil qui faisait des soubresauts de survivance.

— Aïe, le bonhomme Lafontaine, vieux verrat! Mêle-toé don' de tes crisses d'affaires! Ta fille était ben contente de déguerpir de che vous pour v'nir se coller su' moé!

— Mon morvette de véreux de viande-à-ménard! C'est pas le p'tit frisson de famine qui sort de ta gueule qui va v'nir refroidir ma marmite! Non, daï!

Déjà les poings se levaient. Les manches retroussées, le père Adelme s'installa devant son gendre. Rodolphe le suivait de près tandis que Zéphirin retenait par le coude le menteur électrifié.

— T'es mieux de te t'nir tranquille, vieux baveux! L'attelage était pas che nous, a l'était che vous, che vous, ben che vous, pis ça tu l'sais! Y a personne qui peut dire autrement. Ça fait assez longtemps que j'l'ai su' l'coeur. (Triomphant) T'es perdu, vieux crisse! T'as maltraité la belle-mère tout' ta vie...

— Répète-moé ça, toé là!

Le duel. Les gants lancés dans les airs, la rage au coeur et les poings à la hauteur des yeux. Catastrophe! Patapouf même! Deux chevaliers émergeant du Moyen Âge. (Ce qui cadrait très bien, Rodolphe le pensait, avec la princesse au petit pois.)

— Je l'répète! (Étienne avait maintenant le nez collé sur celui du vieux.) T'as maltraité ta femme tout' ta carrière de mari, vieux saint-ciboère, vieille ganaille! C'est juste ben que tu payes asteure! Vous voyez, monsieur Loranger, j'vous l'avais dit, vous voyez son caractère de cochon au beau-pére! Pensez-vous que c'est drôle de vivre à côté d'ça?

— Chus pas allé te chercher! J'vas faire comme ma levure composée de la nuitte passée. Le bouchon va r'voler pis la bouteille va t'exploser dans la face! Ça va péter!

— Ben que ça pète, j'ai rien que pas peur de toé!

— On va ben voir qui a pas peur de l'autre, 'Tienne Dallaire, garçon à Antonin, fils de voleur...

C'en était décidément trop. Depuis déjà quelques instants, heureusement, Stella était arrivée. Avec Zéphirin, ils réussirent à retenir les fougues de l'ardent défenseur (beaucoup menteur) de la famille Dallaire; ils se collèrent à son cul et ne le lâchèrent pas. Stella avait la poigne solide et Zéphirin collaborait très bien. (Surtout pour un officier-enquêteur-fleur-bleue.)

— Viens pas salir l'honneur de ma famille, toé, le bonhomme Lafontaine!

Il était vert de rage, vert-bleu, vert mur de salon. Allez, hop! Un petit effort. Stella et Zéphirin décuplèrent leurs forces et réussirent à traîner dans un souffle piteux un Étienne battant des genoux et qui jaspinait sans cesse. Une bien désastreuse aventure, humiliante, agrémentée des sarcasmes et des rires gras du père Adelme Lafontaine qui se crut victorieux parce qu'il s'était, supposément, contrôlé.

Cependant que le trio essoufflé tentait de rejoindre la petite maison du menteur, le beau-père garrocha:

— Va t'rafraîchir les idées, le gendre. On l'sait que ton pére était voleur, c'est ben connu, y a même pus de déshonneur à y avoir là-dedans. Pis c'te sang d'voleur-là, ça t'coule dans les veines comme d'l'eau sale dans un ruisseau.

Spectaculaire à tous points de vue, la scène déplut à Rodolphe qui se sentit coupable en même temps que responsable de la tournure des événements. Stella ne méritait pas de subir une telle humiliation.

Il haussa les épaules et, en s'excusant, retourna au château des Lafontaine.

Il se sentait comme un naufragé qui aurait été prisonnier dans le ventre d'une baleine perverse.

Le docteur était venu. Il avait pansé les plaies de Proserpine et avait gardé un air inquiet:

— C'est très grave.

Ce soir-là, comme tout le monde en avait bavé un bon coup sous une pluie gauche et combien désespérante, la vie redevint un peu plus suave pour les chatouilleux pantins de l'Arche. Les idées particulières se perdaient dans les herbes mouillées et les flaques naturelles.

La veuve Scouchtard attela. Certes, les routes seraient difficiles, mais les étoiles invitaient les habitants de l'Arche à plonger dans ce qui semblait être une juste accalmie.

Picassiette enfila ses habits du dimanche avec bretelles en pleine lumière. Il lissa sa juste moustache et grimpa s'installer aux cordeaux de la charrette (il fallait bien laisser de la place pour le fauteuil de Diogène, et seule la charrette se prêtait à la situation handicapée). Orphale se traîna de peine et de misère en se lamentant. Elle fut suivie par une veuve Scouchtard intéressante.

Il n'aurait surtout pas fallu oublier le patriarche Diogène qui ne pouvait se déplacer tout seul. Et même s'il avait pu se mouvoir, on aurait sorti la charrette, le sénile individu se serait marché sur la barbe. Pour ces grands déplacements, quand Diogène s'y prêtait et que pour l'occasion il s'endimanchait hardiment, la veuve Scouchtard allait sans gêne demander de l'aide aux bras musclés du château des Lafontaine. Le père Adelme, Rodolphe et Julien se firent un plaisir bienvenu de hisser le centenaire dans la charrette et de l'installer moelleusement entre deux peaux de mouton.

La veuve prit les cordeaux et franchit avec ses compagnons les quelques milles qui séparaient le Shack-à-Farine de Brebille. Il ne lui arriva aucun malheur.

Comme Proserpine souffrait beaucoup, que le gendarme semblait bien affecté et qu'on ne pouvait les laisser seuls, la belle Chélidoine s'offrit pour les garder tous les deux. Et le beau Rodolphe s'offrit bien sûr pour garder Chélidoine. Au cas où! Il avait pour son dire que les loups, ou les ours, ou encore les malfaiteurs...

... et peut-être les petites tarentules noires tissant leurs toiles de sensualité.

Les quatre vieux arrivèrent à destination pour la veillée au corps. Là aussi, comme à Gaspé, la lune avait les cornes en l'air et se chargeait de merde.

Rose-Alma se glissa dans l'obscurité. Elle vint rendre visite à sa soeur Chélidoine et au jeune contrebandier Rodolphe transformés pour la circonstance en gardiens pour vieillards maladifs.

«La fatigante!» pensèrent-ils. Chélidoine se colla solidement dans le front un air de jeune fille dynamique à l'esprit vif. Elle plaça sa soeur au chevet de pauvre Proserpine qui se lamentait comme vingt diables dans l'eau bénite.

... comme vingt diables agressifs. Chélidoine lui flattait les cheveux pendant que le gendarme rouge réclamait à grands cris des soins particuliers. Rose-Alma s'approcha de lui:

— Vous êtes pas si pire que ça, vous! R'gardez Mme Proserpine, elle, c'est terrible!

Les anges et les esprits d'amour rôdaient déjà dans des envolées pleines de grâce. Rodolphe avait voulu profiter du fait que la veuve Scouchtard avait demandé à Chélidoine de garder les vieux pour venir lui tenir compagnie. Mais il avait compté sans l'arrivée de Rose-Alma.

... ou Alma-Rose, ou Rose-Lama (la cracheuse) ou encore Mal-à-Rose!

Rose-Alma n'avait pas de cavalier. Pas encore. Personne. Elle reluquait de tous les côtés et dans toutes les directions où les bons partis mâles avaient une vague chance de se présenter, bons soirs ou pas bons soirs.

Rodolphe s'était allumé un cigare. Il n'osa pas le rallumer lorsqu'il fut éteint. Il avait suffisamment dérogé aux bonnes manières. Il se servit plutôt un petit verre de remontant qu'il trouva dans une armoire. Il reconnut (ou du moins il crut reconnaître) le goût. Il s'étouffa, toussa et se fit taper dans le dos par Rose-Alma (Rose-a-le-mâle) sous les yeux jaloux de Chélidoine. La ramancheuse-dernière-minute ne se gênait pas pour bûcher sur le dos athlétique.

— C'est fort en pas pour rire! toussa Rodolphe.

Les larmes aux yeux, une musique d'orgue dans la tête. Le gendarme rouge lui réclama un verre de ce liquide brûlant. On ne put le lui refuser. Il en glissa une petite shotte aux lèvres de Proserpine, qui sourit.

Quel goût! Une résurrection éclatante et grandiose. Le premier sourire depuis longtemps sur les lèvres de la sage Proserpine.

Même les jeunes filles. Elles en prirent un petit verre, tout petit. On avait beau ne pas être habitués au goût, il n'en était pas moins merveilleux.

— Un goût divin! lança le gendarme.

Pour Rodolphe qui avait reconnu le goût rare de la bagosse, « sa bigosse », cette boisson était la seule responsable des ennuis du Shack-à-Farine; et voilà qu'elle se dandinait dans les salons de l'Arche, pleine d'éclat et de vivacité.

On frappa à la porte. Rodolphe alla ouvrir. Julien s'excusait poliment en pénétrant dans la grande maison. Il était légèrement gai et ses pantalons battaient au vent comme les ailes d'un moulin.

... point du tout chagrin, monsieur le Meunier, point du tout chagrin. Il dansa sur sa tige. Comme le grain de blé.

Le soleil donna un grand coup de chaleur. Les cultivateurs de Brebille, qui passaient l'hiver à attendre l'été, profitèrent de la belle température pour préparer l'hiver.

Mais pas tous. Étienne n'avait guère apprécié la querelle de ce premier après-midi de soleil. Il était accoudé sur le coin de la table et frappait du poing à l'occasion.

Sa femme était mal à l'aise, gauche et saccadée. Elle se rendait vaguement compte de l'erreur qu'elle avait faite en choisissant ce conjoint menteur et rempli de haine pour son père.

Étienne se serait certes versé un grand verre de boisson, mais il jugea préférable de conserver intactes ses facultés afin de réaliser le mauvais coup qui le tenait aux tripes. Sobre pour l'instant. Un instant de grand vide. Il lui fallait intervenir vite, une intervention majeure. Il fallait couper le contact.

Il arpenta son terrain et planta des piquets, des tas de petits piquets, un monde de piquets insolents. Lui, l'être entier, le poupon joufflu; un chemin de piquets sévères. Il se trouva très développé mentalement et, le soir venu, l'homme précoce, à peine né, ignare de la littérature, l'homme ouvert sur le monde cogna sadiquement sur les jolis petits piquets en attendant de planter les beaux gros.

... et il n'allait pas mentir.

Un jour de jadis, son père s'était planté une clôture de saule et la jolie clôture s'était métamorphosée en une paresseuse lisière d'arbres géants.

Eh bien, tant mieux! S'il fallait pour ne plus voir la binette du vieux snoraud bloquer complètement la vue sur leur demeure, il planterait des saules. Il en dénicherait bien quelque part qu'il planterait ici et là à travers le cèdre, le saule maudit emprisonnant dans ses branches le cèdre rangé, comme sa fureur à lui finirait bien par étouffer la hargne et l'orgueil du vieux beau-père pestiféré.

Il fallait couper la communication. A tout jamais. La couper et l'enterrer très creux. Et la laver avec les branches des grands saules étonnés. Il respirait son air à lui, avec sa femme Stella à qui il interdirait de franchir la clôture. Et il rirait tout son saoul.

Ce soir-là, il tailla de beaux gros poteaux géants. Il fut secondé par son protégé-poète et enquêteur, Zéphirin le penaud. Ça n'avait plus rien de surprenant, une clôture géante.

D'autant plus que c'était gratuit. Il en mettrait plein la gueule au vieux sacrifice de beau-père et tout cela GRATUITEMENT.

Zéphirin tenait les poteaux. Il aurait magiquement voulu se retrouver ailleurs, mais il restait là à tenir les poteaux alors que «sale Étienne» grimpait dans une échelle pour les planter, les cogner, les souder au sol.

Et Zéphirin tenait de toutes ses forces et l'autre bûchait, jouissait, hurlait au vent du ciel, suait («le vieux haïssable de sacrament de tabarn...!») et criait encore.

Semblables à deux gars chauds incapables de tirer une ligne droite. Étienne agonisa.

Il fallut bien sûr le remorquer et le fourrer, plein de fièvre, sous les couvertures.

Stella tomba net sur les fesses. La clôture: on aurait dit une palissade construite par une armée de monstres felliniens.

La veillée au corps prit une bien étrange allure.

Tout d'abord, les vieux entrèrent chez les Donahue, de Brebille, comme des boeufs entrent à l'abattoir. Des bras charitables transportèrent l'infirme Diogène tandis que les autres se déplacèrent tout fin seuls, le cul par en avant et les sentiments craintifs, une horrifiante émotion leur étreignant les flancs. La veuve Scouchtard attacha le cheval à la galerie et entra en grande trompette, l'allure puérile d'une fille des champs.

Dorilla était grillée. A peine maquillée, très méconnaissable, elle reposait sur les planches dans une petite chambre adjacente à la cuisine. Quelques fleurs embaumaient l'air (mais pas du tout la défunte qui elle parfumait l'au-delà de sa réalité d'être mortel et puant).

Les chatouilleux pantins étaient loin de se douter que ça allait tourner au cirque. Comme Orphale avait toujours eu peur des morts, elle entrouvit à peine les yeux. Elle avait une crainte maladive de voir la morte se lever et aller piger dans le sucre à la crème. Pourquoi le sucre à la crème, pourquoi pas la tarte aux framboises? Elle n'en savait rien. Elle avait peur. Ça lui venait de sa tendre enfance lorsqu'elle avait entendu sa grand-tante Alphonsine roter puis hoqueter sur les planches pour finalement s'asseoir à la face de tous. Une peur incontrôlable. Elle savait que les morts ne se levaient jamais tout seuls, jamais. C'était parce qu'on avait installé des élastiques géants à sa tante Alphonsine qu'elle s'était levée. Les défunts ne se lèvent pas ni ne vont piger dans le sucre à la crème. Néanmoins, elle garda les paupières à demi closes.

« Mais il n'était pas certain qu'il ne lui prendrait pas l'idée à elle, Dorilla, de se lever, pensa-t-elle. Pour se venger du gendarme rouge! »

Au cirque. Si Diogène, Orphale et Picassiette avaient su que la veuve Scouchtard allait faire la nouille, ils ne seraient pas venus prostituer leurs rires à la wake à des milles de chez eux, et à leur âge par-dessus le marché.

Mais la veuve Scouchtard avait pour son dire que si elle n'était pas tombée en enfance et qu'elle avait réussi à si bien se conserver tout en épargnant ses charmes, c'était parce qu'elle jouait aveuglément et gloutonnement à faire l'enfant quand et comme ça lui plaisait. Il est prouvé que les enfants ne sont pas stressés. Elle faisait comme eux.

Ce soir-là, ça lui tenta de ne pas vieillir et de faire comme les petits enfants. Elle s'agenouilla sur le prie-Dieu que Monsieur le curé avait bien daigné prêter aux Donahue pour la circonstance et elle entreprit de dévisager la défunte Dorilla Furlong dans son univers figé.

Elle décida de lui tapoter les joues, de lui replacer les cheveux et de lui remonter les seins.

Flûte et orchestre symphonique! C'était là bien curieuse façon de prier Dorilla d'acheminer les indulgences des vieux au paradis. Épouvantable! Orphale avait bien eu raison de fermer les yeux.

La première chose dont s'étonna Picassiette fut de constater que Diogène pleurait. Avait-il fréquenté la Dorilla du temps de ses roses écloses au printemps (seins naissants d'adolescente)? Les épaules lui sautaient. Mais Picassiette finit par s'apercevoir que si les épaules du centenaire sautaient comme celles d'une femme faisant son lavage, ce n'était pas parce qu'il pleurait mais parce qu'il RIAIT! Il ne pleurait pas, point tant, il riait à fendre l'âme, pardon, à répandre des larmes car on ne fend rien en chapelle ardente.

Il riait encore plus, le Diogène, agenouillé sur ses fesses et la veuve Scouchtard qui reniflait, mouchait la morte, lui chatouillait le menton et lui flattait les poches en dessous des yeux. Et Picassiette, gros péteux, Picassiette, il piqua une casse dans les assiettes.

A la porte de la petite chambrette où était exposée Dorilla Furlong, des têtes curieuses avaient bien hâte que les quatre pleureurs sortent. Qu'ils s'effacent au plus vite.

Mais onh! Commettre un tel acte, et pendant que Proserpine souffrait! Des vieux gais. On dirait sûrement d'eux qu'ils retournaient remplir les petites culottes de leur enfance. Au beau parfum de leur passé.

Il fallait laisser la place aux autres.

Orphale et Picassiette, les pauvres, ne purent contenir leurs éclats de rire et sortirent en trottinant, s'épongeant, se soutenant dans leur ivresse. On aurait dit deux bouffons se tortillant bizarrement devant une ribambelle de visages longs cordés les uns à côté des autres dans la cuisine.

Un fou rire, c'est un fou rire, on n'y peut rien, c'est incontrôlable. Mais quand on wake, c'est quasiment un « escandale » !

Les museaux en deuil se choquèrent vertement et les deux girouettes rubicondes prirent par la charrette.

La veuve Scouchtard se releva dignement. Une allure présente et combien sympathisante. Elle demanda à quelques « wakeux » robustes de venir chercher le vieux Diogène qui pleurait (crut-on) pour le hisser dans la charrette. Sa frivole Orphale (ce qu'elle pouvait être tête en l'air!) l'avait oublié là.

Il pleurait, le vieux, pensèrent-ils tous. Du moins, les omoplates lui sautaient et à travers une gigue des épaules, il réussit à tendre une main froide et mal à l'aise avant de se faire jucher dans la wagine. On gaboterait durant des mois, c'était sûr!

La veuve Scouchtard, elle qui avait amorcé la bombe, la désamorça de bien touchante façon. Elle se plaça une main sur le poitrail et elle salua, sympathisa et offrit ses plus chaudes et ironiques condoléances.

... pour éponger le fou rire des pauvres vieux cinglés, pensa-t-elle, et pour assécher les qu'en-dira-t-on et les jacasseries.

La démoniaque!

Fallait bien! Une Proserpine infirme, trois pauvres vieillards irresponsables, un gendarme têtu! Une bande de pisseux jamais capables de se contrôler et de retenir leurs fantaisies! Si c'était pas malheureux!

— Toutes c'tes corvées, ça emplit ben ma journée! cria-t-elle.

Hue dia!

Une nuit déboula. Un bonhomme Couèche passa par là. Les petites mouches noires saluèrent la fureur de la rivière et vinrent se coller aux épaules de Gervaise.

Il en faisait une douce, une douce de journée, près des bavures de la mer, une douce précédant les cruelles.

Elle avait cru qu'il allait encore pleuvoir. Comme le lendemain d'une brosse lorsque l'ivrogne est assuré d'être malade et qu'il se lève sur le piton.

Gervaise avait bien deviné. Elle y avait pensé toute la sainte journée. Elle y avait rêvé. Il fallait qu'elle aille y voir de plus près. Un « L'Anse-à-Brillant » bien tracé sur des caisses lourdes, un « L'Anse-à-Brillant — 1926 », une inscription qui ne pouvait être autre chose que l'indice de l'illégalité la plus cornue.

« J'm'obstinerai pas, ben certain, pensa-t-elle, j'mettrai pas mon cou à couper, mais chus prête à peinturer trois mille toiles que c'est d'la boisson forte! »

Elle se glissa à l'extérieur. Une douce!

Et elle vit, comme les autres avaient sûrement vu, une clôture géante, haute comme d'icitte à demain, effrontée, qui rendait invisible la maison, la grange et toutes les autres bâtisses de son beau-frère Étienne.

— Mille misères de cafiére! aurait dit le gendarme.

... a sûrement dit le gendarme quand il a vu le barda, la palissade, grands dieux! la f o r t e r e s s e!

Le père Adelme mâchait de l'herbe et la livide Élisabeth arpentait la vaste galerie, les mains derrière le dos, une envie de caqueter comme jamais.

— Arrête, viande-à-ménard, Zabeth, de t'déménager comme ça! Les deux pieds vont t'tressaillir pis quand que t'as un pied d'tressailli, ben t'es pus bonne à rien antoute dans la maison. Calme-toé, viarge!

Il criait sa rage et la piétinait sous les cailloux en ruminant quasiment toute l'herbe flétrie de son champ. Il ne vit pas Gervaise qui passa près de lui. En se glissant le long de la clôture maudite, elle alla fouiller dans les roches du ruisseau. La reine mère se lamentait:

— Mon p'tit Raoul pis ma fi' Stella! Pauvres eux autres! Sont cachés en arrière d'une clôture épouvantable! J'pourrai ben pus jamais les voir!

— Ben tu vas les voir encôre, sa vieille, crains pas, tu VAS LES VOIR encôre, parole de bon'me Adelme!

— Tu crés-tu, vieux?

Élisabeth pleura et Adelme se sentit piteux, trop piteux pour la consoler un brin. Il se sentait en partie coupable de la tournure des événements. N'avait-il pas caché un bootlegger? Comme il voulait caser ses filles, il prenait tous les moyens pour y parvenir. Et il n'a jamais été prouvé qu'un bootlegger ne puisse pas être un bon parti!

Gervaise fouilla longuement, avidement, paresseusement. Elle ne put dénicher nulle part les caisses qu'elle avait aperçues la veille.

Elle n'hérita que d'un soupir fermenté venu directement de l'estomac du père Adelme qui, n'en croyant pas ses yeux, avait avalé une charrette de foin...

Quasiment.

Les entourloupettes des Lafontaine et des Dallaire éblouirent Zéphirin qui, ne sachant plus où donner de la tête, admira quand même la détermination de ces gens de campagne qui ne faisaient rien à moitié.

Il devint tellement nerveux qu'il entra par inadvertance chez les Lafontaine, lui qui ne savait plus trop, qui aurait peut-être dû pencher du côté des Dallaire, voilà qu'il était assis à feuilleter une gazette devant l'agréable minois d'une élégante et doucereuse poulette.

— Euh! excusez-moi! mademoiselle... je suis entré par mégarde! La... clôture! (Petit rire miteux et gentil.) Les mouches sont collantes!

Et pas seulement les mouches. Les yeux de Rose-Alma itou étaient collants, collants comme les collants à mouches, plus collants que les mouches collantes sur le collant.

Ébahie, la belle! Pendant que toute sa famille n'en revenait pas de juger, d'évaluer la hauteur, la largeur, la solidité ainsi que les proportions diaboliques de la clôture du gendre déchaîné, elle restait là, insouciante, un regard pour dire des choses en silence, pour éponger les fuites du ressentiment, pour enflammer les délires les plus fous, pour éteindre aussi peut-être la rage au coeur des combattants.

Il n'était pas question pour la Rose-Alma (Elle m'a) de s'étonner d'une telle apparition, celle de l'officier-enquêteur bien mis.

De toutes les princesses Lafontaine, elle était celle qui se voulait la plus pragmatique. Elle était heureuse ainsi, vaguement assise à attendre que vienne quelqu'un du pays pour la courtiser. À rêver quand même, à l'occasion, de bravoure et de chevauchées à dos de cowboy, à jouer à cache-cache avec les lettres de l'alphabet du futur pour y pêcher un prénom. Que pouvait-elle demander de plus au bon Dieu? Un homme la regardait, étonné lui-même de se trouver là, se tournant les pouces et replaçant sa veste, une gêne ligamenteuse perdue dans son imagination simplement parce qu'il ne connaissait pas la réaction de la tendre demoiselle.

— Il est bien vrai, mademoiselle, que c'est assez rare

en Gaspésie de prendre une telle initiative, euh! je veux dire de pénétrer ainsi chez les gens...

Que faisait-il donc dans cette maison alors qu'il venait d'accuser le père Adelme, le pionnier du Shack-à-Farine, l'illustre papa, qu'il venait de l'accuser de se livrer au commerce de la bagosse.

« Elle devra peut-être me cacher », pensa-t-il. (Comme Perrine, la servante chez Monsieur le curé de la chanson.)

— Vous avez d'l'air à avoir peur de que'que chose, m'sieur. M'sieur?...

— Zéphirin Loranger. Et vous, euh! Ché-Chélidoine, Clarisse?

— Rose-Alma.

Elle baissa un peu les yeux, faiblement, comme une lampe dont on diminue l'intensité parce qu'elle consume trop d'huile. Et Dieu qu'elle devait être huileuse, cette coquette! Zéphirin lui donna son plus beau sourire, celui qu'il sortait des boules-à-mites quand le coeur lui frétillait dans le corps.

— Vous êtes très jolie, mademoiselle.

— Mercccccci!

— Et si je le dis, c'est que je le pense. Sachez que je ne le dis pas souvent. Jamais. Presque jamais. C'est bien parce que je vous trouve très jolie que je vous le dis et euh! je ne le dis pas souvent. Très très très jolie, bafouilla-t-il.

— Vous allez m'gêner. Lisez vot' gazette, p'pa va rentrer...

« Cachez-moi dans la huche », pensa-t-il.

— Votre père?

— Y doit êt'e à veille. Pis m'man itou.

— Très jolie, répéta-t-il. (Il s'imaginait déjà servant de bénitier, de chandelier, de sanctuaire tout entier.) Mais ça n'avait pas d'importance. A partir de cet instant, il savait que cette princesse aux yeux vagues serait sa dulcinée et elle savait que son chevalier très pur et très blanc serait cet homme fier et cultivé, ce grand homme qui était effoiré devant elle.

Et pour lui, c'était là l'occasion qui avait le bon plaisir de s'entortiller autour de ses cauchemars, de ses hantises secrètes, nocturnes, croissantes, parce qu'il ne voulait pas demeurer vieux garçon.

... le bon plaisir de s'entortiller autour de ses ardeurs, par-delà les litanies folichonnes.

Une grande poésie glissa dans son âme:

Oui, je me rapprocherai de vous lorsque la lumière jaillira de votre « vous ». Vous êtes une rencontre nuageuse et délirante, pleine de rythme et vous êtes chaste. Je vous tendrai la main dépouillée du coeur ému qui s'émerveille. Et mon coeur va renaître juste là, à vos pieds. Il va renaître d'un doux naufrage. Il va renaître au peuple, éclore, grandir. Quoi de neuf dans votre lutte? Et quoi de mieux pour vous endormir que le son d'une flûte d'antan. Et comme les choses sont à reconvertir!

Lorsque le père Adelme Lafontaine entra chez lui, il comprit sur-le-champ, à voir les yeux hâves des deux poètes, qu'une forme de complicité glorieuse existait entre eux. Deux tourtereaux gentils coulés dans la glaise du coup de foudre.

Il oublia sa rancoeur et réalisa deux choses: il ne pouvait empêcher un enquêteur de faire son travail et il caserait une de ses princesses avec quelqu'un de bien.

Et il ne querrait pas pour ça.

Alfred Rochefort fut reçu en audience sacro-sensa-particulo-secrète et privée par Monseigneur de Gaspé. Un Monseigneur charmant qui se faisait frencher la bague comme le pape se faisait bécoter les pieds, petits cors inclus et gratuits.

Une urgence de dernière minute. Monseigneur était loin d'être de bonne humeur. Il se serra la panse avec son grand ceinturon de couleur fuchsia et s'installa à son bureau. Il releva ses petites lunettes glissantes et désobéissantes et plaça ses mains consacrées sur ses

saintes cuisses pédagogiques (il avait inventé une mé-
thode d'enseignement). Il reniflé hardiment et même
hygiéniquement et toussa deux fois.

— Que me vaut votre visite, monsieur Rochefort?
C'est bien monsieur Rochefort, qu'on m'a dit?

— Monsieur Rochefort, oui, ouais...

Monseigneur avait faim et lorsqu'il avait faim, il ne
participait à une conversation que d'une oreille enfanti-
ne. Et parce que les odeurs religieuses qui émanaient de
la cuisine lui avaient effleuré la narine droite, il sentit
son estomac danser le charleston et trouva le sentiment,
l'escapade, enfin, il trouva la situation fort intéressante.
Il bâilla lorsque Alfred l'interpella:

— Sa... Mon... Sa Sainteté... Majesté, Monseigneur!

— Monseigneur suffira.

— Voyez-vous, je suis un officier du gouvernement,
une espèce d'homme de loi. Je travaille, comme vous
devez le savoir, pour découvrir les coupables, ceux qui
vendent de la boisson forte, ceux qui en font, tous les
contrebandiers.

— Oui, oui, je sais! J'ai d'ailleurs fait plusieurs discours à ce sujet. Mes écrits...

— Excusez-moi de vous couper la parole mais justement, vos écrits... C'est grave!

Il s'avança sur la pointe des fesses dans le creux fauteuil et fixa les mains et les cuisses d'un Monseigneur
qui se sentit gêné, déshabillé des pieds à la tête.

— La situation est la suivante, Monseigneur. Pre-
mièrement, mon compagnon d'enquête, Zéphirin Loranger, vous le connaissez, Zéphirin et moi, voilà plusieurs fois que nous cherchons sur la côte un coupable
en particulier, un bandit, un salaud, une crapule...

— Mon enfant!

— Oui, Monseigneur, une crapule, de ceux qui bri-
sent nos familles et qui tuent le calme de nos cam-
pagnes. (Il n'avait jamais si bien parlé.) Eh bien, près de
Percé, à Brebille, un petit village naissant, y a un endroit où y a juste que'ques cabanes (il s'enflammait et il
parlait moins bien), Monseigneur, voyez-vous, là y exis-

te un bootlegger. Je l'connais, j'ai toutes les preuves, j'ai découvert celui qui est responsable de nos problèmes, un M. Étienne Dallaire, le gendre à M. Lafontaine.

— Je connais M. Lafontaine mais pas son gendre.

— Pis c'est pas tout', regardez!

Alfred sortit deux bouteilles de cette liqueur damnée. Sur les étiquettes on pouvait lire : « L'Anse-à-Brillant — 1926 ». Monseigneur se fourra la main gauche sous sa soutane, de satisfaction bien sûr, devant les yeux agrandis de l'officier-enquêteur-rapporteur-officiel.

— Où avez-vous pris ça?

— Dans la grange du soi-disant Dallaire.

Et Monseigneur arpenta la pièce à grandes enjambées comme une vache laitière dans un champ tari, les yeux fous, la bouche élastique. Il répéta tous ses discours et une heure plus tard, invita son officier assis à souper.

— Monsieur Rochefort, bravo! Voilà que vous concrétisez mon évangile à moi. Mes espoirs se réalisent. Le diable sera noyé par la main de Dieu, les fougues de la bonté et de l'honnêteté éclipseront les vapeurs du vice.

Il lâcha une petite puïche qui remplit le petit bureau d'une odeur fétide mais tellement sacramentelle. Une petite puïche victorieuse.

Alfred se leva et suivit sa Sain... sa Majes... son Hon... Monseigneur dans la salle à dîner et Monseigneur le suivrait à son tour au Shack-à-Farine.

Ils partiraient le surlendemain.

La reine mère avait le coeur à l'envers. Elle ne pouvait se soumettre à l'idée de ne plus revoir sa fille et son petit-fils.

Elle devint très nerveuse et décida d'organiser un grand souper pour faire la paix avec son gendre (même si elle n'était pas particulièrement en chicane avec lui). Un grand souper qui aurait lieu le soir même.

Elle déplaça les bouteilles de vin de salsepareille, le « Chasse-ta-botte ». Du vin de deux ans. Elle avait surnommé ainsi cette précieuse cuvée parce que son Julien, alors qu'il était petit, appelait ainsi les petits fruits que les Lafontaine cueillaient pour faire le vin. De la chasse-la-botte au lieu de la salsepareille. Que venait faire le mot « botte » à la place de « pareille » ? Personne ne l'avait jamais su. Une idée d'enfant, c'est une idée d'enfant, ça ne se psychanalyse pas.

Élisabeth mit son plus solide tablier, celui en toile de lin qu'elle avait hérité de sa grand-mère et elle se mit en frais d'organiser un souper grand soir.

Elle ne ménagea ni ses efforts ni son anxiété. Elle ne ménagea même pas les belles assiettes auxquelles elle tenait plus qu'à la prunelle de ses yeux. Dans son effervescente farandole culinaire, elle en cassa trois avant de les déposer sur la table de cuisine.

Elle fit bouillir les carottes, rôtir les navets, respirer le vin. Elle piqua souvent le rôti de porc et goûta aux petits concombres marinés. Elle ouvrit quelques pots de hareng et brûla ses navets. Elle avala quelques tranches de petits radis et goûta souvent au vin « Chasse-ta-botte ». Elle vida une bouteille et la remplaça par une autre. Elle cassa une bouteille et versa des larmes. Un grand souper, pour tout le Shack-à-Farine.

Elle alla se vêtir, heureuse et résonnante. Ses filles tournaient autour d'elle. Elle ne parlait pas. Pour un bref instant, la clôture haute de huit pieds s'effaça dans son idée. Sa propre idée.

Les cochonnailles s'en venaient. Au diable et au loup les dépenses ! Elle sortit du boudin, des cretons, des galettes de sarrasin, du pain frais. Rodolphe s'étonna. Zéphirin aussi. Elle alluma des cierges, des lampes, mit trois nappes sur la grande table, imagina ses invités, la grande paix qui serait leur auréole, les vieux de l'Arche, son goinfre de gendre, sa fille, son petit-fils en plus de toute sa maisonnée à elle. Et les autres, les soupirants improvisés, Rodolphe, Mandoza, Zéphirin.

Elle mit un cadenas à sa hantise et se sentit très

étourdie. Adelme, comme lorsqu'il était inquiet, virailla autour d'elle comme une abeille autour de sa rose sauvage.

— Dis-moé don', Zabeth!

— C'est beau, hein, son vieux? C'est pour le Shack au grand complet! C'est beau? T'es content?

— Pour le Shack au grand complet?

Il n'avait pas remarqué le barda et la nuit tombait. Un souper grand soir, plein de belles manières. Adelme demanda:

— Viande-à-ménard, la vieille! as-tu vu ma pipe?

— Tu l'as dans' bouche, vieux!

— Tu m'en diras pus.

Il était bien tard, le banquet était prêt. Un festin de roi pour toute la région. Une grande déception en plus. Élisabeth-la-très-rose-sauvage avait oublié d'inviter ses convives à souper.

Il valait peut-être mieux que les nuages gardent le grand secret car Adelme n'aurait peut-être pas apprécié cette forme de réconciliation de sa femme avec Étienne. Il valait mieux faire d'elle une folle négligente plutôt qu'une folle dépravée.

Bien plus tard, des années après, Adelme dira qu'il n'aurait pas accepté que son gendre Étienne franchisse le seuil de sa maison. Il en aurait piqué une colère terrible.

Dans la même soirée, alors que la reine mère faisait cuire à nouveau les trop nombreux restes de table pour les cochons (elle y avait ajouté les pelures) et que le bon Alfred rotait devant Monseigneur à Gaspé, les vieux de l'Arche se faisaient des *mea-culpa* sous les grimaces dramatiques de Proserpine et celles ironiques de la veuve Scouchtard.

Des *mea-culpa* solennels.

— Qu'on a été fous! Qu'on a été fous asteure d'sortir de même en riant à tour de bras devant tout l'monde!

C'est d'ta faute, Delphine, toé pis tes simagrées! Qu'osse que le monde vont dire de nous autres? Des vieux de même, casquette! Pauvre Dorilla, si brûlée!

Picassiette et Orphale, eux qui avaient plus particulièrement fait fureur dans l'horreur du geste, jetaient maintenant le blâme sur la veuve qui pouffa:

— C'qui vont dire de nous autres? C'est ben simple! Y vont dire qu'on est tellement vieux que le bon Dieu nous a oubliés pis qu'y faudrait envoyer que'qu'un pour nous tuer. C'est ça qu'y vont dire!

— Casquette!

Picassiette et Orphale se sentaient trop coupables pour trouver la farce drôle. Diogène la trouva cependant intelligente. Il éclata de rire encore plus, les gencives pâteuses.

La pluie se mit à tomber à nouveau, cruelle, drue, chaude et menaçante, accompagnée de coups de tonnerre effrontés et d'éclairs inquiétants.

Proserpine se plaignit très fort et le gendarme rouge se mit à avoir peur des éclairs.

L'orage électrique qui remplissait la nuit éclipsa totalement l'orage incendiaire qui achevait de consumer la tolérance des vieux envers la veuve Scouchtard.

— Paraît que la mère Lafontaine aurait fait' un repas du tonnerre (boum!) pis qu'a l'aurait oublié d'nous inviter. J'ai su ça par Julien betôt. Y est venu nous apporter un plat d'salade qui restait. Y a juste eu à longer la barrière à Dallaire, ha, ha, ha! Avec une barrière de même, pas d'danger d's'écarter, y a juste à la suivre. Pis y avait l'air chaud, y a quasiment renversé l'plat d'salade su' moé, casquette! Y prend un coup, le p'tit Lafontaine!

Diogène riait tout le temps. Il ressemblait à un bonhomme mécanique engagé pour servir de bouée de sauvetage en pleine mer que la veuve Scouchtard aurait crinqué selon ses bons désirs.

Picassiette et Orphale auraient aimé parler de littérature. Ils se faufilèrent dans le labyrinthe de la pensée où tout était pour eux mouvement, phantasme universel, pensée totale. «Tout n'est que pensée», les arbres sont des pensées, les rivières, la nourriture, les meubles, l'Arche, le Shack-à-Farine et même le cadavre de Dorilla.

— Lâchez-moé avec vot' pensée, vous allez pas me recommencer ça! R'gardez voir dehors si la pluie, c'est une pensée ou bedon si la clôture à Dallaire flotte dans les airs, r'gardez voir!

«Tout n'est que pensée» quand même! Les deux vieilles pensées moroses se cachèrent la tête dans leurs propos comme des autruches guindées. Elles étaient offusquées, offusquées, offusquées. Des volailles jalouses. Elles se mirent à table, à la pensée-table, sous la pensée-orage et ouvrirent une pensée-bouteille de remontant bienfaiteur.

La pensée-veuve Scouchtard vint se joindre à eux puis la pensée-Diogène, une pensée de bonne humeur. La pensée-Proserpine dormait et la pensée-doigt du gendarme rouge puait. Plus que jamais. La pensée-soulier de la pensée-veuve donna une pensée-coup de pied à la pensée-tibia des deux autruches guindées.

Elles revinrent sur terre.

Onh! La sainte étourdie de veuve Scouchtard, quand elle se mettait à faire la folle et que le saint centenaire de Diogène se mettait en frais de l'encourager, ça n'avait plus de fin.

La veuve se mit à table. Elle se lécha les babines et se versa un verre. Il pouvait être dix heures du soir. L'orage était monstrueux.

— Les enfants, à soir, on va digérer comme y faut pis on va réviser nos rôles d'la pièce de théiâtre.

Orphale, qui n'était plus du tout une pensée, se lamenta en regardant les chaudrons:

— Si j'peux avoir quequ'chose à mettre dans les assiettes!

— Aie pas crainte, y a la salade de réconciliation d'la mère Lafontaine. Julien m'a raconté qu'la mère Lafontaine, sa mère, avait organisé c'te repas-là pour...

Ça n'avait plus d'importance. Déjà, sous les rires

énervants de Diogène, la veuve avait attaqué les feuilles de laitue avec ses doigts et arrachait des morceaux du maigre jambon avec ses mains.

— Le bon Dieu nous a donné deux fourchettes, j'verrais pas pourquoi j'm'empêcherais de m'en servir!

Et elle lança des morceaux de jambon au gendarme rouge qui tenta de les attraper avec son bec.

... comme on lance des graines de pain aux pigeons.

Le petit grain de blé dansa sur sa tige, très tôt le matin, il faisait à peine clair. La pluie n'avait pas cessé de la nuit. L'eau montait encore et toujours et le jeune grain de blé, Julien, à peine éveillé dans l'aurore humide recouverte d'une illusion sensible, était sur le point de réussir un plan précis pour sauvegarder l'honneur de ses semblables et laver à tout jamais les souillures faites aux efforts naïfs des Gaspésiens.

Il partit très tôt dans un nuage de boue et se rendit chez les satanés Vorace de l'Anse-à-Beaufils. Une idée frénétique ancrée dans son cerveau.

Au détour de la Montagne Bénite, il remarqua la rivière. L'eau semblait à nouveau vouloir monter et, cette fois, à une vitesse très rapide. Trop rapide. Malgré son jeune âge, il frémit.

Il atteignit enfin le lieu de ses espérances. Un brouillard intense, heureusement, tentait de valser avec la mer. Il ne pouvait cependant camoufler totalement les flattes, barges, étals, chauffauds et vigneaux qui attendaient le retour des pêcheurs pour reprendre leur journée. Ils ne s'étaient pas risqués sur la mer à cause de l'épais brouillard. L'Anse-à-Beaufils savait leur faire confiance. Ils retourneraient. S'ils n'étaient pas sortis à cause des fortes vagues, ils n'avaient qu'à patienter. Le beau temps reviendrait. Il revenait toujours.

Quelques hommes, tout au plus, chargeaient les boucauts dans les gros bateaux qui partiraient directement pour l'Italie. Les boucauts que les Vorace vendaient 25 $ l'unité, soit plus de six dollars le quintal.

Des cuves de boëtte non utilisée allaient servir d'engrais pour les champs. Les touristes n'appréciaient guère ces odeurs nauséabondes qui pourtant rehaussaient la valeur des sols et des cultures.

Julien avait sorti une grosse clé. Il l'avait dérobée au bonhomme Stanley Vorace, en cachette, un jour où il était en maudit. Il savait qu'il finirait par l'utiliser.

Il pénétra dans le magasin général par la petite porte de côté. Les Vorace habitaient une maison luxueuse à côté du magasin.

Sur la pointe des pieds, il entreprit de mettre à exécution son plan sordide. Il sortit une longue corde à laquelle il attacha tout ce qui était cassant. Tout. Il lui fallait faire vite même s'il était certain de bénéficier d'une belle heure. Lorsqu'il eut terminé et que tout ce qui pouvait se fêler fut attaché à la longue corde (assiettes, potiches, fanaux, lanternes, etc.), il attacha avec grande raideur une extrémité de la corde à la poignée de la porte principale après l'avoir glissée dans une poulie afin qu'elle ne marque pas trop de résistance. Le vieux Vorace tirerait fort pour l'ouvrir (il était tellement impatient) et tout le pataclan sacrerait le camp sur le plancher avec grand fracas.

Le plan du siècle. Toujours emmailloté dans un silence sépulcral en ayant soin de ne pas accrocher lui-même la corde qu'il avait eu tant de plaisir à tendre, Julien ouvrit des bouteilles d'encre et en aspergea les manteaux, draps, serviettes, tabliers, voiles, focs et misaines. Il prit un malin plaisir à dessiner sur certaines broderies très fines et fort coûteuses. Il ouvrit les pots de confiture, les contenants de graisse et d'huile, les cacanes de mélasse et en répandit le contenu sur les comptoirs, dans les tiroirs et sur le plancher. Il jeta par terre tout ce qui ne faisait pas de bruit et pissa sur la photo du vieux Stanley Vorace. Il n'y avait pas d'argent dans le tiroir-caisse. Bof! il avait bien vengé ses ancêtres et le vieux Vorace s'étoufferait certainement de rage.

Il aurait aimé mettre le feu. Non! Il n'était pas pyromane. Il se contenta de cette macédoine d'objets stupides qui alluma une lueur de satisfaction dans son regard.

Tiens! Il ouvrit des boîtes de peinture et en bariola les murs. La clarté sombre du petit matin ne lui permit pas de poursuivre ses actes de vandalisme. Il sortit par la porte arrière sur la pointe des pieds et chia par terre. Il se torcha avec un bel hypocrite brodé et beurra même la poignée extérieure. Il barra solidement, lança la clé très loin dans le champ et alla reprendre son attelage à la lisière de la forêt.

Il oublia malheureusement sa casquette sur une chaise berçante et ne s'en rendit compte que lorsqu'il fut rendu à la Montagne Bénite. Il ne pouvait faire demi-tour puisqu'il avait lancé la clé. Il était de toute manière trop tard. Le petit jour était bien levé et se faisait doucher comme jamais.

L'eau de la rivière Portage avait complètement inondé la route qui menait au Shack-à-Farine. Et c'est avec toutes les peines du monde que le jeune malfaiteur réussit à passer à travers cette rivière improvisée.

La reine mère rotait son grand malheur. D'avoir oublié ainsi d'inviter ses convives à souper, elle en prit un coup de trois lunes de vieillesse; et comme elle avait souvent, dans la vie, des coups de trois lunes de vieillesse, elle eut bien peur de se retrouver très vite pensionnaire de l'Arche.

Elle avait d'ailleurs toujours tout raté: son mariage, ses projets, l'éducation de ses filles (oh! elle le savait bien!) et son souper grand soir. Raté. Elle avait un jour voulu organiser un super-party pour fêter ses 100 livres. Elle avait toujours été petite (à peine 90 livres) et son rêve était de peser un jour 100 livres. Le père Lafontaine l'accrochait souvent par les baleines de corset à sa balance romaine mais toujours la même chose, le même poids, l'éternelle régularité des graisses fondues à tout jamais, 92. La balance marquait tout au plus, lorsque la reine mère s'était empiffrée comme une maman rhinocéros (pour ne pas dire une truie) et qu'elle en avait attrapé un mal de ventre nucléaire, 92 grosses livres en santé.

La reine mère déprimait. De n'avoir pu inviter tout son monde pour fêter ses 100 livres, de toute sa vie, et d'avoir oublié de les inviter pour un souper grand soir, la reine mère, intrépide et convulsive, rotait et déprimait.

Clarisse passa près d'elle. Elle gratta sur le plancher avec ses ongles brisés (une vilaine habitude! Victor Hugo rongeait bien les barreaux de sa chaise!). Pendant que les autres parlaient de tout et de rien.

Incroyable! Le problème pour elle se situait dans les jeux de cache-cache qu'elle aimait ENTRETENIR. Elle attirait les malédictions, faisait tomber la pluie.

Évachée devant sa mère, elle mouilla sa petite culotte et trempa ses bottines:

— M'man! j'ai pissé dans mes bottines! C'est-y péché? Va-t-y falloir que j'vas me confesser?

Elle était occupée à faire semblant de travailler les brides de sa broderie Richelieu. Des taies d'oreiller, dessus de bureau délicats et hypocrites fins.

La langueur s'acharna sur les deux femmes comme elle en avait pris l'habitude depuis longtemps. Encore des routes molles et impraticables pour la fille qui attendait son chevalier-à-angle-droit, Mandoza. Elle souhaitait l'ébullition, la grande volupté. Elle voulait qu'en ce mauvais soir de la semaine, il se conduise mal. Elle voulait ce que sa mère avait toujours désiré sans le souhaiter trop fortement. Elle se voulait prophète, illusionniste, comédienne.

Quel bon début de soirée! A la prochaine, Mandoza Pelchat, la tige au garde-à-vous. Et par la fenêtre ouverte, elle vit entrer un chevalier grand panache qui enjamba les meubles du salon pour venir se coller le nez sur sa jaquette courte et sur son coeur chaviré. Un chevalier transparent un peu luminescent qu'elle était la seule à voir. Elle, Cla.

Il lui sembla entendre un bruit choquant, saccadé, un coeur de métal qui battait dans la pluie. Tamisé ensuite, encore choquant. Elle défit ses longs boudins, ouvrit son corsage, coordonna les mouvements de sa langue à ceux de ses hanches et fixa sa mère.

— T'as ben chaud, ma fille? Fais pourtant humide!

Un drôle de grand monsieur avec un costume cha-moiré. Un bonhomme du futur qu'elle n'avait jamais vu ni dans les catalogues ni dans les revues...

... ni même dans ses rêves.

Il était tombé de la pluie et ses genoux faisaient des bip bip déprimants. Rien pour remonter le moral de la reine mère qui ne voyait rien, heureusement. La féerie s'était enroulée autour des sentiments de la douce Cla qui se laissa choir sur le grand sofa. Elle écarta les jambes, releva les genoux et le son pervers d'un violon chaud déclencha chez elle les effluves les plus dépra-vées. L'empereur Pelchat, à l'autre bout du village, pen-sait peut-être que la pluie était un empêchement majeur à la routine de ses visites! L'homme se releva:

— Hercule Pinsonneau, pour vous servir.

Et le genou fit bip. Des phantasmes incontrôlables chevauchèrent le monde de ses frustrations et elle pré-senta ses charmes les plus fous au chevalier furibond, cette espèce d'amant cérébral venu d'une époque four-bue, sorti du ventre de la pluie ou du brouillard, à che-val sur la lumière et le cosmos.

Elle se tortilla sur son sofa et le pouvoir magique suspendu à ses rêves prit le chemin de l'école pour de vrai. Sa pétulance glissa sur quelque chose de gras ou de lisse et le glorieux fantôme se déshabilla flambant nu avec autour du sexe un nimbe de cupidité.

Le corps de Clarisse devint son pâturage. Elle aima ce moment. Il était réussi. Et elle n'avait invité person-ne. Sauf sa mère. L'amant chevalier Pinsonneau né de la pluie s'arc-bouta puis adopta la position du ressort, puis du foetus, puis de la chenille dans son cocon. Il

souffla sur son nimbe de cupidité et s'adonna à la lévi-
tation, l'essence de son être au plafond, abandonnant sa
belle charnue effervescente de frustrations sur le sofa.
La reine mère intervint:

— Ma fille, ça va faire! Une chance que ton père te
voit pas. R'tiens-toi un peu d'dans le salon. Si c'est pas
péché de faire pipi dans ses bottines, c'que t'es en train
d'faire l'est tout à fait. Envoye dans ta chambre pis lave-
toi les doigts. Une chance que Mandoza est pas venu.
Viens-tu folle?

Les vieux de l'Arche ne se sentaient plus, à leur âge,
le courage de vivre dans l'eau jusqu'au cou. L'humidité
était présente, très réelle. Elle leur transperçait la chair
et leur martelait les os.

Le gendarme rouge, Isaac Proulx, déprima rapidement. Il devint désagréable, effronté et fallacieux. Proserpine supplia les vieux de le changer de place. Elle ne
pouvait plus l'endurer à côté d'elle. La veuve Scouchtard eut quand même un doute. Le gendarme jouait une
grosse comédie pour se faire plaindre et dorloter. Elle
l'admonesta vertement, le gendarme rouge. La conversation tourna au brun.

— Écoute, toé, mon sarpent de gendarme rouge, on
t'a reçu dans not' demeure pour que tu soyes ben! T'arrête pas de t'faire aller le mâche-patate pis tu fatigues
pauvre Proserpine. A n'a ben plus à endurer que toé!
Fais ben attention à toé parce que ton rôle, dans la pièce
de théiâtre, ben tu l'auras rien que pas!

Le gendarme se recroquevilla dans son coin et la
veuve Scouchtard se mit à battre la mesure. Elle replaça
tous les rôles de *la Jalousie du Barbouillé* aux bons
endroits. Il n'était pas question pour Proserpine de jouer
dans le rôle qui lui avait été assigné. Un tout petit rôle
d'ailleurs, minuscule. La veuve la remplacerait, quitte à
jouer deux personnages, à se dédoubler, à se déplacer à
distance.

Mais on conserva bien au chaud pour le gendarme révolté celui qui lui convenait le plus, Vilebrequin, un Vilebrequin vieillot avec un doigt puant. Ça valait bien tous les jaloux du monde ou encore tous les avares de la littérature et du folklore. Tous ces figurants du passé que la veuve Scouchtard tenait par la main en les invitant souvent à venir garnir la véranda de l'Arche, avec leur face de cire, leurs mains froides et leurs idées poussiéreuses.

Le gendarme cria ses frustrations. Il n'avait pu être écrivain, ni peintre, ni curé. Il aurait aimé être docteur pour les animaux. Picassiette leva les sourcils :

— Casquette! Lui, vous y pensez pas! Y ferait apparaître des rhumatismes aux grenouilles!

Il devait se contenter d'avoir eu la chance d'être gendarme rouge (un grade de moins que gendarme jaune et deux de plus que gendarme vert), marchand général (le cul maintenant sur la paille), juge de paix infirme et puant, vieillard impertinent et avare frustré (comme ceux des musées de cire palpant de faux billets), il était heureux, il en tenait 1000 billets véritables attachés à sa combinaison à grandes manches, et finalement, comédien de théâtre.

Une revue intitulée *les Souvenirs de la Troupe* qui s'était d'abord voulue grandiose mais qui ne se composait maintenant plus que d'une *Jalousie du Barbouillé* éclopée dirigée par une directrice fofolle à la jambe particulière.

C'est beau l'espérance qui s'accroche tout endormie à des pantins chatouilleux et séniles.

Tiens! La veuve eut une autre idée. Le gendarme n'allait plus être Vilebrequin. Il serait Gorgibus et Vilebrequin serait joué par Proserpine qui n'avait pas cessé de pleurer. Elle avait voulu leur faire plaisir en leur faisant de beaux gros beignes et voilà qu'elle subissait sa gentillesse. Elle serait Vilebrequin, le 15 août dans la soirée, un Vilebrequin couché sur le dos, la douille inoffensive. La veuve en avait décidé ainsi et elle vit que cela était bon.

Oui, oui! Le gendarme se gourma. Manquait Valère. Bon, on prendrait un bonhomme de guenille et la veuve changerait sa voix (elle qui déjà devait jouer Cathau et Isabelle), il lui faudrait se partager en trois, comme la Sainte-Trinité. Ça n'avait pas d'allure. Elle fit disparaître Valère du texte. Elle garderait peut-être le bonhomme de guenille. Bon! Picassiette serait le Barbouillé (à condition qu'il ne lui prenne pas l'idée de pissoter magiquement sur son Angélique). Et le bon Diogène chanterait ses propos dans la robe du docteur, assis naturellement, à la fois troublant et grandiose. Orphale, encore alerte, s'émoustillerait en Angélique marquise de l'Arche. Allons! elle-même la veuve, à la fois Cathau et Isabelle. Elle trancha Cathau et ressuscita Valère. Elle était ventriloque, elle s'arrangerait bien. Clack! pour Cathau. Après tout, il est plus intéressant d'être l'amie de l'héroïne que sa servante. Et puis, vieillesse et pluie s'en mêlant, elle n'avait pas le choix. A moins de demander au jeune Julien de jouer Valère. Ça n'avait pas d'allure, le fossé des générations était beaucoup trop creux et les vieux comédiens passeraient pour des ânes à côté de ce jeune mâle. Voyez-vous ça? Orphale et Julien! Pas le choix.

Elle devait pondre une *Jalousie du Barbouillé* nouvelle vague et s'agenouiller pour faire une courte prière et demander pardon à Molière.

Mais Valère, diantre! Elle n'avait toujours pas de Valère! C'était bien beau et bien fin le bonhomme de guenille et la voix de ventriloque, mais ça écraserait totalement le charme de la pièce (déjà écrasée d'avance par le poids des années). Elle demanderait à quelqu'un, à Arthur Slackkk? Il était toujours là, Arthur Slackkk, il dirait oui, il en aurait l'eau à la bouche. Asteure! elle ne pouvait pas être à la fois Isabelle et Valère, l'amant et l'amie. Il faudrait qu'elle s'organise pour qu'ils ne se rencontrent pas et à la SCÈNE III ils se rencontraient. Elle improviserait. Elle en avait des crampes d'estomac. A la veille du grand jour. Elle improviserait bien sûr. La pluie s'improvisait bien, elle, sous un chapeau de méchanceté. Elle se cacherait sous le même chapeau.

Le gendarme, fort érudit, s'objecta grandement. On n'avait pas le droit de charcuter un si beau texte de Molière.

Tous les chatouilleux pantins en profitèrent pour faire d'une pierre deux coups. Ils l'envoyèrent dormir au grenier et furent dispensés de sentir son doigt infecté.

Le vieux singe grimpa dans l'atique enragé noir.

Stella irait prier la Sainte Vierge. Le 15 août, le lendemain, elle se rendrait à pied à la petite chapelle de Brebille pour y prier la Dame de ses espérances et pour lui demander une force spéciale pour endurer cet être exécrable, son mari, qui lui rendait la vie intolérable.

Voilà maintenant (elle ne l'aurait jamais cru) qu'elle ne pouvait plus aller rendre visite à sa famille. Tout cela à cause de son dévergondé de mari. Elle aurait aimé le coupailler et le décarcasser mais à l'époque, la soumission dans le mariage avait une garantie à vie. Ou presque. Elle aurait pris un amant, elle en avait la détermination mais elle craignait les fougues maladives de son menteur de mari qui n'avait réussi qu'à lui élever une haute clôture tant il ne dressait rien d'autre de solide pour son avenir. Pas même l'éducation de son petit Raoul auquel il n'apportait que le strict nécessaire.

Un amant sympathique. Elle ne connaissait point d'homme, comme Marie qu'elle irait prier s'il pouvait cesser de pleuvoir. Cette pluie qui lui apportait des lampées d'amour fougueux. Un amant bien sûr, mystérieusement jailli du sol humide (que diable! inondé), un Casanova qui l'inonderait de baisers doux et qui ne lui ferait plus subir d'affreux mensonges.

Un homme de l'océan peut-être, gentil, aux yeux doux, un peu rustre pour l'acte (ça lui plairait bien), un être chantant, olympien...

L'image d'Alfred Rochefort se tailla une petite place

dans sa mémoire. Pourquoi se souvenait-elle si mielleusement de ce nom ? ce nom pour lequel elle avait échappé sa belle planche à laver neuve, don de son père, et qui avait cassé sur le coup. Quand Zéphirin Loranger lui en avait parlé.

Il était si gentil avec elle à l'hôpital. Il lui ferait un bon amant. Mais la soumission ! Un bon amant quand même. Couchés tous les deux en grande liesse sur un tapis de verdure derrière la haute clôture dressée par le cocu furieux.

Un bon amant.

Le petit Raoul pagayait dans la cuve d'eau. Elle le porta dans son lit et réimprima dans son âme des images romantiques.

C'est pour combattre ces images euphoriques qu'elle irait prier la Madone le 15 août. A cause de la soumission. Et de la promesse qu'elle avait faite d'être fidèle à son seul mari.

L'eau avait pris un abonnement. Elle inondait les coulées et venait lécher les soubassements de quelques bâtisses du Shack-à-Farine.

Pour comble de malheur, pendant cette finfinaude danse de la pluie, le père Adelme jeta un oeil dans son hangar et réalisa qu'on lui avait volé ses quarts de clous.

Il avait mis ses bottes, son saouèsse et son imperméable. Qui avait bien pu le voler ainsi ? Après la bagosse, voilà que ses quarts de clous avaient pris le bord. Il savait cependant que ce fait anodin servirait à bâtir la preuve de son innocence et qu'il pourrait peut-être contribuer à le laver ou le blanchir du vol des caisses de boisson.

Qui donc ? Ça le rongeait intérieurement. Il regarda la clôture de son gendre et pensa : « Ça a dû en prendre du clou pour grimper c'te clôture-là ! »

Du CLOU ! Rodolphe vint le trouver. Il n'avait pas, comme le père Lafontaine, prit la précaution de mettre des bottes et ses alltans clapotaient dans les trous de boue. Il rentra dans le petit hangar avec une gêne pouilleuse qui contribuait à agrémenter l'atmosphère humide d'une lourdeur grise-éléphant.

— Ça va pas, monsieur Lafontaine ?

— Viande-à-ménard de torpinouche de viarge ! Ça va ben mal ! Ça va ben mal, mon garçon ! Y a que'qu'un qui va faire des pistes, clôture ou pas, pis c'est mon gendre. (Il mangeait encore son saouèsse.) J'me fais accuser de voler d'la boisson forte par l'enquêteur là, ... chus pas encore arrêté mais c'est tout comme...

— Vous savez ben, interrompit Rodolphe, que je les laisserai pas faire. Après tout', vous avez rien à voir là-d'dans, c'est moé l'coupable, pis j'm'en vas me rapporter.

— Tut, tut, tut ! J't'ai caché, c'est d'la complicité. Mais crains pas, chus capable d'me défendre. Non. C'est mon calvaire de gendre qui veut pus nous voir, qui a grimpé c'te clôture jusqu'au ciel. Le sais-tu que ça dû y prendre du clou pour ça ? R'garde la clôture géante ! Ça va mal, ça va mal ! Y vient m'grimper une clôture en dessous du nez avec mes clous ! Ah ! j'te l'dis, ça va mal ! La clôture dans' face, la vieille qui organise un souper pis qu'a l'oublie d'inviter son monde (une chance, j'aurais égorgé l'Étienne à marde !), mon Julien qui trempe dans des affaires louches à l'Anse-à-Beaufi', je l'sais, j'ai le nez long, l'affaire d'la bagosse, c'te maudite pluie qu'est en train de noyer tout' mes récoltes, le moulin qui marche pus, qu'est-ce que j'ai fait' au bon Dieu ? (Il pensait aussi à toutes ses filles qui tardaient à se caser.) Pis vois-tu, là, j'avais des ben beaux quarts de clous, de tout' les grandeurs, de tout' les longueurs. J'peux pas faire autrement que d'soupçonner le gendre. R'garde-z-y la clôture ! Sa réputation de voleur est en train d'dépasser celle de menteur !

— Y vous a pas tout' volé, y vous en a laissé un dans le coin.

— R'garde don' ça ! Ça doit ê'e parce qu'y est rouge, comme moé, c'est seulement là-dessus qu'on s'entend, le gendre pis moé, la politique. Si ça avait été un bleu qui avait fait le coup, y aurait tout pris.

La blague dérida les deux compères qui scrutèrent l'horizon. Adelme revint à ses clous:

— J'en reviens pas. Faut-y qu'y soye effronté rien qu'un brin! Pis c'est pesant, des quarts de clous, paresseux pis plaignard comme qu'y est!

Des piles de petits bardeaux se mirent à flotter et quelques barreaux de bois à fureau firent leur entrée dans le petit hangar.

La pluie faisait rage en se dandinant sur un lac artificiel qui venait de se former autour du moulin. L'eau transportait à la flotte les pièces de bois du père Lafontaine.

— Une aut' affaire, viande-à-ménard! Mon bois qui s'en va à dérive! C'est don' pas mon année, que c'est don' pas mon année! Arrive qu'on ramasse c'qu'on peut!

La rivière se préparait un petit festival d'été à sa façon.

Les Dallaire durent quitter leur maison. Stella ne se fit pas prier pour contourner la clôture et aller demeurer avec le petit Raoul chez sa mère. On isola les animaux mais Étienne préféra aller se réfugier dans sa grange construite sur une petite colline. Il s'arma d'une herminette (ou tille) solide et paranoïa tout à son aise. On viendrait l'attaquer, il le savait, le père Adelme l'espionnait, le haïssait, voulait lui faire du mal. Tout le monde aussi, les choses, les arbres, la nature. Les petits sentiers le jugeaient et sa clôture, sa clôture le narguait dans toute sa hauteur.

L'inondation prenait un malin plaisir à pénétrer dans la maison qu'il avait pourtant eu beaucoup de mal à construire avant son mariage. Avant que ne se noient ses sentiments envers les siens, bien avant la découverte du trésor maléfique, la cargaison de bagosse. Bien avant

Alfred et Zéphirin, la naissance du petit Raoul, bien avant la clôture.

C'est bizarre comme des images te reviennent quand tes pieds trempent dans l'eau du malheur.

... et que tu es branché à une sorte de courant électrique que tu ne peux tout à fait identifier et qui te fait frémir. Une arme entre les cuisses. Avec la peur du monde.

Picassiette était sorti avec ses toiles. Il était allé s'abriter sous une arche (ou espèce de grotte) longeant la rivière à environ un mille de l'Arche. C'était un endroit charmant où tous les peintres de la terre auraient sûrement aimé se donner rendez-vous. Il n'avait pu s'installer à l'endroit habituel car l'eau avait déjà tout envahi, mais il n'était nullement déçu par la nouvelle perspective encore plus splendide et qu'il n'aurait autrement jamais connue.

Paralysé par un soudain mal de rein, Picassiette aperçut, assise devant lui sur une grosse roche plate, la belle Gervaise, sa tendre consoeur, qui peignait les trois roches rondes et légendaires. Elles étaient partiellement inondées et avaient un aspect guindé.

Il ne voulut pas la déranger et se mit à avoir des hallucinations colorées: petits châteaux dans un arbre, champignons géants aux couleurs de l'arc-en-ciel, marins coiffés de chapeaux de couleur marine, soleils protecteurs... Son regard plongea à nouveau vers Gervaise qui continua de peindre. Ce fut plus fort que lui et il cria:

— Hé! ma belle fi'!

Elle se retourna, visiblement tirée de son extase artistique. Elle avait esquissé les contours de deux des trois roches brumeuses qui ressemblaient, sur la toile, à deux seins nébuleux. Picassiette se releva péniblement:

— Casquette! m'en vas v'nir à ras toé, ma belle! Tu peintures tellement mieux, attends-moé in brin!

Ça le faisait grémir, ces actions si profondes, inattendues. Il sortit son mouchoir et l'échappa dans la rivière. Un mouchoir flottant sur l'eau comme un gros papillon blanc et bleu. Picassiette ne put bouger. Il était crampé. Lorsqu'il s'assoyait aussi longtemps, à son âge avancé, avec un mal de rein cuisant, il ne pouvait se relever avant une bonne heure; l'humidité jalouse faisait le guet en le martelant jusqu'à la moelle de l'os.

Gervaise vint s'asseoir à ses côtés. Elle avait déménagé ses tubes, pinceaux, huiles et roches plates et de l'observatoire où elle se trouvait maintenant, elle était encore plus à l'abri des fureurs de la pluie.

— J'te remarcie ben, ma fi'! Tu viens d'rallonger mes jours d'une couple de semaines. Tu peintures pus des rochers Percé?

— Ben sûr, m'sieur Picassiette! R'gardez la roche la plus p'tite, c'est la p'tite roche du rocher pis la grosse, là, c'est la grosse roche.

— Ça fait un rocher rond!

— Comme un gâteau rond. Un rocher rond, ça va ben se vendre au monde original de Percé!

— Si on peut encore s'rendre là un jour, à Parcé, ma fi'! Avec la pluie qui fait grimper la rivière! As-tu vu le fleuve?

— J'ai vu.

En ce temps-là de sa vie, Picassiette maniait sa barque avec la supériorité du sage qui n'a pas encore en main tous les atouts universels. Il lui vint une idée géniale qui le restaurerait bien sûr dans son équilibre d'artiste. Saurait-il seulement affronter son caprice? Malgré tout, Gervaise et lui, malgré la différence d'âge, ils étaient de vrais amis. Et puis, il avait lu dans de bons livres que c'était permis (et pas péché) de faire une telle prière. Mais que dirait Gervaise?

— Euh! ma belle fi'! tu vas me dire que je radote. Vois-tu, demain soir, le 15 août, on joue au théâtre. Peut-être que ça va être le dernier rôle que j'vas jouer, le Barbouillé. Mais là, asteure. Ma demande, si j'peux dire... j'ai pensé de peinturer un tout nu. Un tout nu nu.

Mon rêve. Tu peux-tu me dire, toé, si tu connais un peintre, un seul peintre dans le monde qui a pas une fois désiré de peinturer un tout nu? On a beau, ma 'tite fi', avoir plein d'idées dans sa tête pis s'en imaginer gros comme la rivière, ça nous en donne pas un en dessous des yeux, si tu comprends ben ousque j'veux en venir.

Gervaise laissa paraître un deux minutes de surprise mièvre. Que ne ferait-elle pas pour les personnes âgées?

— Un nu!

Et comme ils ne poussaient pas dans les arbres trempés, ces nus, elle enleva sa robe, la déposa sur la grande roche dans la grotte et présenta sa nudité la plus réceptive dans l'ombre des grands arbres.

Les idées fiévreuses de Picassiette se liquéfièrent et il retint son souffle devant tant de charmes encore réels. La belle princesse s'allongea sur le côté, un genou relevé, le saint triangle découpé. L'eau vint lui lécher les chevilles, les cuisses, les fesses, les nuages...

Une splendeur sous l'orage et une averse dans les veines du vieillard guéri d'un mal de rein solide.

Il se mit à l'oeuvre, approximativement, avec mille délicatesses et un milliard de maladresses, le premier nu qu'il pouvait enfin admirer, de toute sa vie (même s'il en avait imaginé et peut-être touché), sa première splendeur naturelle. Un petit nu bleu, bien sûr, un chef-d'oeuvre sur la petite toile de son troisième âge, à travers les nuages de l'eau.

Il s'accrocha à une petite tétine située sous le sein droit. Un sein ferme et une petite tétine marginale.

Gervaise parut se complaire dans son rôle. Modèle parfait pour la vieillesse, elle intéressait encore le mâle, non pas en plein soleil, mais en face de la pluie. Et elle lui demanderait, plus tard, quand le soleil reviendrait, de poser nu pour elle. Dans le confort de ses 92 ans, allongé lui aussi mais sous le soleil, dardé de mille rayons, un grand vieux hésitant.

Couché sur la toile.

Squelette au soleil.

Le lendemain, deux nouvelles firent rapidement le tour du village et vinrent faire des ronds dans l'eau du Shack-à-Farine.

La rivière Portage sortait de son lit, le Shack-à-Farine était inondé.

Et puis au village, à Brebille. La vieille Dorilla, qui était bien morte, n'avait pas encore refroidi. Ou plutôt si. Elle avait refroidi, au commencement (peut-être ne l'avait-on pas très bien touchée ou peut-être aussi n'avait-on pas vraiment remarqué!). Mais là, elle retrouvait la chaleur de son corps vivant sans toutefois pousser le moindre minuscule soupir.

Une engeance du ciel. Un vieux fond stéréotypé de scandale, un événement qu'on n'avait pas vu depuis la grippe espagnole et pour lequel les effronteries des vieux de l'Arche n'étaient peut-être pas étrangères!

— Quand qu'y arrivait des malheurs avant, j'disais mon chapelet. J'ai venu m'installer icitte, au Shack, dans la tranquillité, y est quasiment jamais rien arrivé, pis v'là que tout' nous tombe dessus!

Orphale geignait. Et pour cause. Voilà qu'en plus de soigner Proserpine et le diablotin de gendarme qui avait fait son nid dans l'atique, elle devait maintenant retenir les élans de la veuve Scouchtard qui racontait à tout le monde qu'elle avait vu Dorilla dans le tambour. Elle était en grande robe blanche et lui montrait son poing. Elle avait les cheveux en feu et les peignait sans cesse avec la brosse de la vengeance. Elle répétait: «Chus pas morte, Delphine, chus pas morte, chus juste poignée dans le feu mais le vent de ta grand' gueule va éteindre ça, chus pas morte, Delphine!» Orphale la réconforta:

— Voyons, Delphine, arrange-toé pas pour te rajouter à la liste des éclopés. C'est toé qui es forte icitte, pas nous autres. Toé, not' Directrice! Faut que not' pièce marche à soir, tu peux pas t'mettre à avoir des hallucinâtions!

La veuve Scouchtard regarda Orphale dans la grisaille de ses yeux fatigués. La pathétique Orphale, femme devant Dieu du centenaire Diogène, sa rivale d'autrefois. Elle répliqua:

— C'est quasiment pas une hallucinâtion, ma pauvre Orphale, quasiment pas!

— C'est parce que t'as les nerfs en boule à cause d'la pièce, je l'sais ben, mais c'est aussi à cause que tu te ponces pas mal trop dans l'stoffe de Picassiette. A nos âges, tu sais, ça peut nous méwitcher l'estomac pis tout' nous chavirer. C'est dangereux, ma vieille!

— Je l'ai vue!

— Écoute, Delphine, tu sais ben que c'est juste nous autres, Picassiette pis moé, qui voyons des pensées partout. Pas toé. Asteure, prends su' toé pis arrange-toé pour que la pièce à soir soye un succès.

— Un succès? A iousque tu veux qu'on la fasse la pièce? As-tu vu l'inondâtion dehors? Ça passe pus déjà! Proserpine qui est à moitié morte pis le gendarme qui boude dans l'atique... pis Picassiette qui peinture des tétons pis des fesses!

Il s'était faufilé dans sa chambre, la veille, avec sous le bras une toile scandaleuse qu'avait eu le temps d'apercevoir la veuve Scouchtard. Il pouvait bien maintenant se découvrir un talent pour la bravade.

— Casquette, les filles! J'vous dis que ça commence à être épeurant! C'est le diable qui fait grimper l'eau (ce n'était pas une pensée-eau, pensa-t-il.)

Les deux vieilles le lapidèrent du regard. Il éleva la voix et poursuivit:

— Va falloir faire que'que chose! La maison à Dallaire est quasiment tout' inondée pis l'eau commence à envahir les champs aux alentours. La clôture fait pitié. C'est pas l'temps d'faire nos tâte-minette, l'eau va nous licher les gosses betôt...

— PICASSIETTE! firent-elles en choeur, l'image du nu bleu cochon imprimée dans leur éducation.

— Faut monter dans l'atique!

— Voyons, tu y penses pas, Orphale! Non. Faut aller au village, pis au plus vite!

— Avec quoi? Un p'tit bateau?

— On en a pas.

On parla longtemps de quitter l'Arche qui allait se remplir d'eau et en profiter pour faire souffrir les vieux, les chauffer à blanc, les corrompre lentement. Pour embrouiller les ondes sacrées et parsemer le chemin du ciel d'épreuves damnables.

Tous étaient d'accord, enfin, ceux du premier étage. Car le gendarme, dans son atique polyvalente, n'avait pas été consulté. Mais ça n'avait pas d'importance. Un vieux recueilli par pure charité, il n'avait qu'à se taire. Tous étaient d'accord, sauf Diogène qui en riant montra l'atique.

— L'atique, dit-il seulement.

Il avait une tête de cochon et comme il était le plus vieux et par le fait même le plus respectable, on l'écouta religieusement et l'on se prépara à grimper dans l'atique. De toute façon, l'inondation avait pris de telles proportions qu'il n'était plus question de sortir.

Même si Julien, dans sa barge de bonne fortune, les suppliait au nom de tous les Lafontaine, de venir au château qui était construit bien au-dessus du niveau de la rivière.

La veuve Scouchtard se contenta d'apparaître au petit oeil-de-boeuf et de débiter d'un ton solennel dans la pluie rageuse:

— Oyé, oyé! A soir, 15 août, jour de la fête de la Bienheureuse Assomption de la Sainte Vierge, un grand spectacle va être présenté dans l'atique de l'Arche du Shack-à-Farine, si on peut gagner du temps sur l'inondation! Mais dans l'Arche, les vieux animaux têtus du bon Dieu s'laisseront pas féré pis y vont écarter les eaux avec leu' belles grandes phrases de Molière! Oyé, oyé!

Trois villageois de Brebille vinrent supplier les vieux de sortir: Arthur Slackkk, Ti-Pit Cambui et Winnie Trou-de-Suce.

Rien à faire. Le père Lafontaine, Julien, Rodolphe et même Zéphirin vinrent à leur tour tenter de les convaincre. Rien de rien. Les filles élargies, tendres princesses en face du malheur, étaient restées à la maison autour de Stella et du petit infortuné Raoul qu'elles étaient toutes heureuses de revoir. La reine mère surtout. Elle en bavait.

Où pouvait bien être passé Étienne? Plus personne, dans le fond, ne s'inquiétait de lui. Il pouvait se noyer dans sa torvisse de maison ou dans sa grange, il pouvait s'empaler dans sa rôdeuse de clôture ou encore être dévoré par les requins. Il n'avait qu'à choisir lui-même.

Mais on s'inquiétait pour les vieux:

— Voyons, viande-à-ménard! madame Scouchtard, m'sieur Diogène, pensez-y! Vous avez des blessés, des parsonnes qui peuvent mourir, des vieux...

— On est pas des vieux! On est des vedettes de théâtre pis à soir, dans l'atique, vu qu'on peut pas au village, on va monter not' représentâtion!

Arthur Slackkk, Ti-Pit Cambui et Winnie Trou-de-Suce insistèrent tous les trois sincèrement, solidement, en faisant beaucoup de grands gestes imprécis.

Le gendarme rouge était tapi dans un coin et Proserpine, le bras enflé et la tête délirante, exigeait que la veuve Scouchtard lui redonnât son rôle qu'elle lui avait enlevé.

— Ben voyons, Proserpine, ça fait cent fois que j'te l'dis! Tu vas être Vilebrequin dans la pièce pis t'auras même pas à te tenir deboutte. Tu resteras couchée.

Picassiette mettait une dernière touche à l'oeuvre de la décennie, le NU BLEU. Il cria, un pinceau entre les dents:

— Vous nous déracinerez pas de not' top!

— On va sortir juste quand qu'on aura joué le Barbouillé, ajouta Diogène. Pis on sortira p'tête pas!

— Ben oui, Diogène, on va sortir, mais juste après la pièce.

Le père Lafontaine multipliait les arguments :

— A la vitesse où l'eau monte, vous aurez pas l'temps d'la jouer vot' viande-à-ménard de pièce! R'gardez, écoutez-moé ben, tout' le premier étage est inondé pis...

— Y reste encore un aut' étage pis l'atique. L'eau arrivera pas jusqu'icitte, on va prier la Sainte Vierge. A va s'organiser pour nous fére ascensionner comme elle, si y faut.

Arthur Slackkk intervint :

— Pensez au monde de Brebille! Vous allez toujours ben pas vous laisser noyer! On en a assez d'une morte à enterrer au village. (Il se retourna vers les hommes.) Au fait' a' vous su? M'sieur Lafontaine, a' vous su? Par rapportt à la vieille Dorilla? A l'est chaude comme moé pis vous, a veut pas refrèdir, ça fa qu'y peuvent pas l'enterrer!

La veuve échappa son texte et tomba dans les pommes fraîches. Une sorte d'évanouissement très près de la maladie imaginaire. Tous les vieux (et le gendarme) montrèrent beaucoup d'empressement auprès d'elle.

Stella ne pouvait plus aller à Brebille prier la Vierge Marie à cause de l'inondation. Son Étienne était dans la grange, à mentir à la réalité. Elle savait qu'il lui faudrait bien sortir. L'eau pénétrait déjà dans la batterie et attaquait de bonne grâce les tas de fumier desquels se détachaient des galettes plates qui partaient à la flotte.

Et là-bas, sur l'eau, comme « il était un petit navire », elle vit très clairement une embarcation approcher lentement, comme une gondole à Venise, poétiquement. Les crapauds s'étaient tous sauvés, les couleuvres avaient déserté, les écureuils s'étaient réfugiés dans les arbres lointains. Et la soumise avait beau s'embarrasser dans les difficultés de son quotidien, elle ne pouvait détacher son regard du petit bateau sur lequel jacassait un grand homme à lunettes avec un livre à la main et un grand cordon fuchsia autour de la taille.

Et cet autre homme qui ramait. Il était assis et, bien sûr, elle le reconnut. L'eau éclaboussa ses souvenirs et le bateau s'approcha de l'Arche où il s'arrêta.

Elle n'a pas eu besoin de prier la Vierge en cet extraordinaire 15 août.

Monseigneur était là, incroyable, et Alfred Rochefort qui ramait et regardait autour de lui, des yeux derrière la tête. Il ne put la voir, la belle tuberculeuse, cachée derrière une fenêtre dégoulinante et brumeuse.

Elle tourna son regard vers la grange où était caché Étienne, cette grange dans laquelle l'eau se faisait une joie de pénétrer. Et son regard à son tour pénétra dans la grange, l'envahit, et Alfred la pénétra en silence, dans une farandole aquatique. Il glissa sur les eaux et la toucha. Il la guérit. Il lui souffla dans les poumons et avala les germes de la maladie qu'il alla cracher au visage du sale Étienne.

... d'un sale Étienne couché sur le sol, la tille en érection, la haine en tête. Stella pense encore.

Il ne faut pas que son sauveur crache sa tuberculose à son mari, Étienne, son époux devant Dieu.

Il crachera par terre, sur une fleur, et une vache maigre ira manger la fleur souillée et elle deviendra à son tour tuberculeuse. Et l'on sera débarrassé à tout jamais de cette infâme maladie.

On vendra la vache tuberculeuse en ville et tous les citadins enfermés mangeront de la vache malade et ils devront venir demeurer sur des fermes en hiver pour guérir.

Et Alfred pourra chanter la pomme et la vie et cueillir des fleurs grimaçantes pour Stella.

Monseigneur de Gaspé triomphait. Il jeta un coup d'oeil héroïque sur les trois bateaux qui tanguaient autour des murs du deuxième étage de l'Arche : le bateau du père Lafontaine, celui de Julien et celui d'Arthur Slackkk. (Un flash-back pour Jacques Cartier.)

— Monseigneur?

— Alfred!

— Phirin!

— Monseigneur? Quel honneur! Que nous vaut votre visite? Vous tombez ben mal!

Mais Monseigneur aimait tomber bien mal dans de semblables situations. Il se sentait alors comme un David gaspésien affrontant un impitoyable Goliath. Justement, le syndrome de la bagosse, son plus fier cheval de bataille, reprit sa place dans le ciel du Shack-à-Farine. Les petites étincelles de soupçons se mêlèrent aux gouttes de pluie.

— Ma visite? Oui, monsieur Lafontaine, ma visite! La boisson illégale et son commerce non moins illégal, voilà le but de ma visite. M. Rochefort est venu m'avertir à Gaspé et je n'ai pas hésité un seul instant à braver la pluie pour venir faire mon enquête moi-même. J'avoue cependant que j'étais loin de me douter que j'aurais à faire face à une inondation. En connaissez-vous la cause?

Julien leva la main, comme à la petite école :

— J'pense la connaître, faudrait aller voir, justement! C't'un barrage qui s'est fait' un peu plus bas, du côté d'l'Anse-à-Beaufils, un glissement d'la montagne Bénite...

— La Montagne Bénite, vous dites? Je ne me souviens pas d'avoir béni quelque montagne que ce soit et c'est mon rôle; c'est à moi seul que revient le rôle de bénir les montagnes.

— Offensez-vous pas, Monseigneur, c'est juste une façon de parler.

— Eh bien, vous allez me changer ce nom!

— Ça s'rait moins compliqué si vous y donniez la bénédiction comme vous faites pour les bateaux à l'Anse-à-Beaufi'...

— Je verrai. Poursuivez, mon jeune.

Julien et Rodolphe valsaient sur leur petite barge tandis que Monseigneur tentait de stopper la fureur de son embarcation en s'agrippant à pleins doigts aux minuscules barreaux d'une jalousie verte de l'Arche.

— ... poursuivre, poursuivre, Monseigneur! On d'mande pas mieux, voyez-vous, on aimerait ben aller voir, mais là, y a les vieux dans l'atique qui veulent pas descendre pis on peut pas les laisser périr là!

— Ça n'a pas d'allure, vous avez raison.

A l'intérieur, la veuve Scouchtard avait repris ses sens et lorsqu'elle entendit la voix de Monseigneur, elle crut que Dieu avait envoyé un émissaire pour l'avertir de son éventuelle damnation.

Hercule Pinsonneau hanta le château des Lafontaine. A cause de Clarisse, c'était sa faute à elle si le fantôme du grand chevalier blanc, pourtant invisible pour les autres, rôdait autour de la jeune fille que sa mère surveillait du coin de l'oeil. Les doigts surtout.

Clarisse, et le petit Raoul. Il sentit cette présence de l'au-delà. Ses tantes étaient trop princesses de leur corps pour jouer avec lui et son père, qui ne s'en était jamais occupé, était disparu. C'est dramatique dans la vie d'un garçon la disparition du père. Et même s'il pressentait qu'il n'était pas loin, il savait qu'il ne le reverrait plus. C'est pourquoi il sentit lui aussi, comme sa tante Cla, la présence d'un être fort et blanc, une présence limpide flottant au plafond.

Il leva la tête et aperçut l'homme de la pluie.

— Je me présente, Hercule Pinsonneau, petit garçon! Je te montrerai les nouvelles machines que les savants ont inventées dans l'époque où je vis.

Son regard d'enfant (à l'opposé du regard de Clarisse) le voyait tout habillé de blanc et un nimbe brillant encerclait la tête du nouveau *pater familias*.

Tout le monde masculin, écoeuré de se casser le cou à regarder en l'air, voulut grimper dans l'atique. Ça n'avait plus de bon sens de faire les singes entre rivière et toiture, accrochés aux planches jaunes de l'Arche. Il fallait attacher les barges et se glisser par les fenêtres. Et une loi naturelle ferait que les embarcations viendraient les rejoindre dans leur nid en suivant les mouvements et le niveau de l'eau. Jusqu'à ce qu'elles soient à leur hauteur. Monseigneur en avait décidé ainsi. L'occasion ne pouvait être meilleure de se mouiller les jarrets dans l'eau de la campagne, dans le jus de son peuple. Il attraperait une pneumonie, c'était sûr, mais il voulait depuis très longtemps se sentir martyre et l'occasion s'y prêtait trop bien.

— Arrivez tout le monde! Nous allons monter. Il ne semble pas que nous soyons en mesure de les convaincre de descendre, alors, si la montagne ne vient pas à nous...

— La Montagne Bénite?

Monseigneur gonfla un gros bedon et MONTRA de gros yeux:

— ... SI LA MONTAGNE NE VIENT PAS A NOUS, J'IRAI A LA MONTAGNE!

(Comme si tous les autres n'avaient pas existé, jamais.)

Mais le gendarme rouge donna un gros coup de talon de soulier sur les doigts de Monseigneur lorsque celui-ci tenta de s'agripper au rebord de la fenêtre. Il cria de douleur et se serait mis à japper s'il avait été quelqu'un d'autre. Un coup sur les doigts, terrible, rajouté à l'effarante humidité qu'il ne pouvait plus endurer. Il prit sur lui, déploya une impressionnante panoplie d'arguments appris par coeur et se contrôla magistralement:

— Mes bons amis! (Bien sûr, en ne sachant plus s'il devait s'agripper ou non, se suçant les doigts à l'occasion...) Ce n'est pas logique, voyons! Il vous faudra sortir tôt ou tard. Vous ne faites que repousser la sombre échéance. Soyez raisonnables! L'eau a déjà commencé à envahir votre deuxième étage (que ses jointures faisaient mal!). La maison de M. Dallaire, là-bas (ah! celui-là!), est déjà tout inondée...

— Sa clôture itou, viande-à-ménard de viarge! jura Adelme.

— Monsieur Lafontaine! (Il le tamponna d'un coup d'oeil ardent.) Ce n'est surtout pas le moment de blasphémer, je ne suis pas venu ici pour ça!

Arthur Slackkk, Ti-Pit Cambui (ainsi surnommé parce qu'il sentait continuellement le fond de tonne) et Winnie Trou-de-Suce stoppèrent le cahin-caha du bateau de Monseigneur.

Rodolphe tentait lui aussi de s'agripper au rebord d'une fenêtre tandis que le vent se levait et rendait le déluge fou et excentrique, malade. Le père Adelme toussa et Julien scruta l'horizon. Dans le grand filet de bois clouté, il ne prit guère de temps à reconnaître la grande barge des Vorace qui, il en avait l'assurance, étaient venus pour se venger. Sa casquette! Sa maudite casquette itou!

Rodolphe péta bruyamment en franchissant le rebord de sa fenêtre et Monseigneur crut bon d'argumenter en se rappelant la chaleur de son grand fauteuil ecclésiastique et mou:

— Vous ne pouvez pas demeurer ici tout seuls toute la nuit, c'est insensé, INSENSÉ! Ah! le damné Dallaire, tout ça par sa faute si je suis tombé dans un tel filet!

— Vous dites, Monseigneur?

La veuve avait pointé son coco par la fenêtre, mais le père Adelme voulait savoir. Il poursuivit:

— Pourquoi, Monseigneur, que vous dites le damné Dallaire? Vous d'vez avoir des bonnes raisons, parce que d'la manière que j'vous connais, vous damnez pas que'qu'un pour rien!

— C'est de sa faute, à lui! (Et la rage de la pluie s'en mêlant, probablement.) C'est de la faute de tout le monde, les vieux, bande de... co... colons! C'est de sa faute à lui surtout, Dallaire! Si on peut rentrer, M. Rochefort va tout nous expliquer, hein, monsieur Rochefort? (Alfred présenta un sourire vainqueur à tous ses compagnons, à Zéphirin surtout.) Puis là, faut rentrer! A-t-on déjà vu une bande de vieux avec la tête aussi dure! On peut pas les laisser là!

Tout le monde réussit à grimper. Monseigneur aida Ti-Pit Cambui à les pousser dans le derrière. Vint leur tour:

— Aprâs vous, Monseigneur!

La brunante était proche, le déluge était fougueux, aussi vif qu'un enfant qui sent la tempête de neige, la première.

— Mon brave, on dirait que nous allons jouer dans quelque drame de théâtre ou que nous allons conquérir nos Juliette! (Encore si c'était de coquettes Juliette!) Soit, allons-y, hisse, hisse! (crack!) Ah! la boisson, la damnée boisson!

Toutes les têtes apparues dans les fenêtres de l'atique forcèrent avec Ti-Pit Cambui qui tentait de hisser Monseigneur par-dessus la fenêtre du deuxième. Mais le bateau se tassa, Ti-Pit Cambui tomba assis dans le fond de son bateau et Monseigneur prit une câline de bonne plonge dans la rivière ensorcelée.

Au village, les rumeurs avaient dit vrai. Au terminus de sa vie, Dorilla ne voulait absolument pas refroidir, au grand désespoir des Donahue. Elle était endormie dans la chaleur de la mort et devait probablement attendre pour gossiper un pinage au gendarme rouge du saint sacrifice!

Le curé était venu. Tous les villageois l'avaient touchée, palpée, éventée, brassée... L'heure du départ n'était pas encore arrivée et le monde n'était pas prêt de l'oublier. La rumeur avait dit vrai et Arthur Slackkk avec. Et en plus du gendarme, l'offensante veuve Scouchtard pouvait bien y être pour quelque chose.

Et une autre rumeur venait maintenant faire sa vedette sous le nez de Brebille.

Le Shack-à-Farine était inondé et Monseigneur, supposé, supposé, s'était mouillé les chevilles dans l'Arche. Des racontars, ben certain! Le curé de Brebille s'énerva:

— Braves colons, calmons-nous, calmons-nous!

— On est calmes, Monsieur le curé, mais d'après vous, pour en r'venir à nos moutons (la brebis était Dorilla) ça s'fait-tu d'enterrer une morte en chaleur?

Les cracheux édentés partirent à rire, ha, ha, ha! sauvagement, et Monsieur le curé consulta du regard tous les wakeux présents et ceux des alentours:

— Ça s'fait-tu? Ça s'fait-tu? (Il laissa tomber les bras.) Ça s'fait pas, voyons!

L'appel du jugement dernier, pour la première fois dans les annales de la Gaspésie, semblait sonner faux.

Ce que les femmes virent, là-haut sur la colline, n'avait rien pour les rassurer. Quelque chose que Monseigneur, les hommes et les vieux ne virent pas tout de suite.

Oh! ce n'était pas Hercule Pinsonneau qui flottait dans les nuages. Personne, sinon Cla et le petit Raoul, ne pouvait le voir. Il avait l'anonymat pour lui seul et il le partageait avec quelques complices. Ce n'était pas non plus Étienne. Il s'était endormi, une herminette glissée entre les deux jambes, rêvant au calme de l'intérieur d'une baleine.

Elles virent une curieuse goélette glisser sur la rivière, en plein déluge (partons la mer est folle!) une goélette remplie de Vorace armés jusqu'aux dents et qui s'approchait dangereusement du Shack-à-Farine.

Les bonnes princesses champêtres se collèrent aux jupes mouillées de leur reine de mère et frémirent en silence. C'était plus fort que tout. Ceux qui avaient de l'argent, en Gaspésie, faisaient frémir ceux qui en arrachaient. Les Lafontaine n'étaient pas pauvres, mais à côté des Vorace, ils étaient des espèces de mendiants de petit luxe.

La lourde goélette vint se planter tout près de... onh! (Malheur, ou chance!) Elle vint se prendre dans la clôture qui avait sournoisement disparu sous l'eau.

A la distance d'où ils se trouvaient, les Vorace pouvaient parlementer avec les femmes:

— Ohhhh! qu'ousse qui sé passe? C'est foooou! Nous soummes prises dans oune grosse filet, my boys! (Les boys y étaient tous: Walter, Bobby, Lesly... une arme au poing.) Madame! Mesmoissselles! You hou!

— Oui, oui, messieurs du bateau!

— Nous recherchons oune garçon nommé Joulien. Joulien Lafontaine!

— C'est mon garçon!

— Un woyyyyou!

— Pardon! vous dites, monsieur?

— Je dis que c'est un woyyyyou. Il a tout' chaviré mon stock dans mon store, dans mon magasine à matin!

— Vous saurez ben que mon garçon Jou... Julien est pas un voyou, vous saurez ben. Excusez-vous là!

— Je vais pas m'excouser, nous avons les prouves!

Le vieux Vorace du bateau, pris dans la clôture du menteur endormi une herminette entre les deux jambes, exhiba une casquette que la reine mère et les princesses reconnurent:

— Il a oublié son casquette dans mon store magasine. Il a tout' chaviré, le woyyyou!

— C'est pas une preuve, une casquette! y a pu l'oublier un aut' jour d'avant. Asteure, diguedinez de par icitte pis vite avant qu'les hommes vous r'luquent!

Mais ce n'était pas la reine mère qui venait de parler. C'était Gervaise, la faraude, la dégourdie. Lorsque chère Élisabeth, la très royale, associa ensemble casquette, fiston, fusils, vandalisme et Vorace, elle s'évanouit bien bruyamment et en déplaçant beaucoup d'eau. On la transporta à l'intérieur du château où toutes les princesses se barricadèrent, apeurées.

Sauf Gervaise, qui les abîma de bêtises. Elle profita de la scène inédite pour délaisser ses rochers Percé et peindre la toile du siècle: un Monseigneur dans une Arche inondée, des hommes forts esclaves des chatouilleux pantins, ses amis, et une bande de malapris Vorace poignés dans un filet de bois.

Brave Étienne, quand même! Il ne te reste plus qu'à sortir de ton repaire.

— Au secours! Quelqu'un qui m'aime!

Toutes les têtes masculines imprimées dans les fenêtres de l'atique comme sur des timbres-poste plongèrent toutes en même temps au secours du même Monseigneur.

... et même Orphale, que le père Adelme qui avait eu l'intelligence de ne pas sauter parce qu'il ne savait pas nager, attrapa par un mollet.

Étienne s'approcha du rivage. Les cheveux collés sur la tête, la langue sortie, les yeux ronds.

Les braves hommes repêchèrent Monseigneur et le glissèrent au plus sacrant dans l'Arche en se glissant à leur tour par les fenêtres des chambres. Monseigneur avait relevé sa soutane dégoulinante et la tenait dans son bec en maudit. L'eau embarquait par-dessus tous les matelas. Ce n'était pas le temps de confesser les pêcheurs assis face à face à s'ouvrir le coeur et l'âme. Jusqu'au bout. Il fallait aller jusqu'au bout, même s'il était gelé comme une crotte et qu'il tremblait des pieds à la tête. Jusqu'au bout du saint supplice, Seigneur. Je le fais pour Toi, rien que pour Toi.

Les hommes du Shack-à-Farine et d'un peu partout suivirent Monseigneur-qui-avait-mouillé-sa-tolérance jusque dans l'atique. Pour comble de malchance, l'évêque se cogna la tête sur le chambranle de la petite porte étroite et lâcha un tabarnaque-de-saint-sacrement que crut entendre le gendarme rouge qui se tenait non loin et qui se vit damné à tout jamais, pensant les blasphèmes cléricaux dirigés à son endroit. Il s'allongea par terre et lécha les pieds de Monseigneur tandis que douce Orphale se précipitait à coeur chaleureux sur la prune ecclésiastique :

— Ce n'est rien, mes agnelets, ce n'est rien, je vais me bénir, euh! vous bénir, ce n'est rien! (Il avait envie d'administrer un humble coup de pied dans les parties du gendarme effoiré à ses pieds.) Ce n'est rien, je vais vous bénir et ensuite, hein, on va devenir raisonnable!

Dans le château des Lafontaine, en face de l'Arche inondée et de la clôture d'Étienne, lorsqu'elles réalisèrent l'unicité de la situation, les demoiselles de Lafontaine, la reine mère, dame Dallaire et le petit Raoul s'agenouillèrent.

C'était la première fois que Monseigneur venait se mouiller les pieds au Shack-à-Farine et ça coïncidait avec le jour de la fête de l'Assomption de la Bienheureuse.

Stella fut rassurée. Ça compterait pour la prière qu'elle n'avait pu aller faire à l'église de Brebille.

Les Vorace auraient bien profité de l'incident du saint plongeon de Monseigneur (un homme qui leur était totalement inconnu, on sait ben! des protestants!) pour attaquer. Mais ils ne pouvaient s'arracher à leur prison.

Un jeune Vorace varnaillait à tour de bras pour casser cette satanée clôture, ce piège maudit qui leur faisait la vie dure.

Étienne s'approcha de Gervaise qui offrait à l'oeil un chef-d'oeuvre étincelant. Elle regarda Étienne. Elle eut peur, très peur. Elle eut du mal à le reconnaître. Et elle vit dans son regard à lui qu'il avait peur aussi, de Monseigneur peut-être, d'Alfred, ou des Vorace. Une peur terrible, un coin de démence, une gouttelette de folie.

— Ousqu'a l'est, ma Stella, hein? (Il ne savait au juste pourquoi, mais il était fou de jalousie.) Pis l'autre?

La scène du cocu braillant au bord de l'eau froide près d'une héroïne assise à se gaver de courant aurait certes plu à Picassiette qui en aurait fait, à son tour, un chef-d'oeuvre.

Étienne leva son herminette vers les Vorace, puis vers l'Arche, ne sachant plus, seul au monde, abandonné, pendant que l'eau s'attaquait à sa clôture et que les Vorace l'attaquaient aussi. Gervaise, comme si de rien n'était, poursuivit son oeuvre célèbre. Elle eut même le goût de braquer un rocher Percé en plein milieu de la rivière, juste amont l'Arche et Monseigneur.

Puis les Vorace se taillèrent une brèche dans la clôture et se frayèrent un chemin jusqu'à l'Arche du Shack-à-Farine.

Pendant que tous les mâles joufflus et mouillés, à grands renforts de bras, tentaient de retenir et d'attacher solidement les bateaux que le vent se faisait un plaisir de ballotter solidement, depuis leur atique devenue évêché, dans l'Arche elle-même devenue île perdue.

A grands renforts de bras, si vite et si bien, Julien lui-même, soufflant, pétant, Rodolphe et Zéphirin, un regard sur l'eau, juste à temps pour apercevoir, se dirigeant vers eux, une bande de Vorace en calvaire, les carabines chargées, anxieux de venir cogner aux murs des chatouilleux pantins.

Monseigneur éternuait d'une façon lamentable. Épouvantable. En hurlant. Les vieux lui firent une tisane douce à base de menthe dans laquelle Picassiette glissa quelques gouttes de bagosse médicamentée. Monseigneur avalerait l'essence de ses thèses et le jus de ses ennuis et s'étoufferait peut-être avec. Il trouva la tisane délicieuse.

On lui avait retiré ses vêtements derrière un paravent servant de loge à la veuve Scouchtard et on l'avait enroulé dans une grande peau de buffalo.

Une voix d'outre-tombe qui cassait le français secoua l'Arche tout entière :

— Vous allez-t-y sourtir antoute une fois pour te montrer la face de saint-esprit de p'tit woyyyou? Joulien, que j'vous le dis! Tou te présentes ou bien...

Julien était caché derrière Zéphirin qui était collé au postérieur de Rodolphe qui se rongeait les ongles en se tenant lui-même pas trop loin du père Adelme.

Ti-Pit Cambui, Arthur Slackkk et Winnie Trou-de-Suce sentirent tout de suite les ferments de la discorde, peut-être même de la guerre. Ils se tinrent au garde-à-vous tandis que Monseigneur, qui en était rendu à sa troisième tasse de tisane bienfaisante, s'approcha du père Lafontaine :

— Pouvez-vous éclairer ma lanterne, mon bon monsieur? Pouvez-vous m'expliquer comment il se fait que nous soyons ici pour essayer de faire sortir des vieillards têtus et que subitement, c'est comme si nous étions prisonniers. Je ne comprends plus rien. Monsieur Alfred, monsieur Alfred!

Alfred se présenta :

— Mon bon ami, vous m'avez parlé de bouteilles de boisson forte volées par un certain Dallaire!

— Oui, euh! oui...

Les voix, à l'extérieur, n'avaient rien de silencieux :

— Ousqu'il est le Joulien de batingue?

Monseigneur poursuivit sa conversation, comme si de rien n'était :

— Vous m'avez dit, Alfred, que M. Dallaire était coupable parce que vous aviez trouvé des bouteilles cachées dans sa grange, pas vrai?

— Exactement ça, sa Majes... son Honneur!

— Or donc, où est-il parmi vous ce M. Dallaire, que je le confronte avec vos dires, hein? Où est-il?

Rodolphe s'approcha du père Adelme :

— En tous cas, c'est ben parti pour vous innocenter!

Monseigneur demanda une quatrième tisane. Sublime! On lui fit comprendre que le menteur n'y était pas.

Des coups de bâtons se firent entendre sur l'Arche de

Noé. Monseigneur était Noé! («Avec c'te gang d'animaux, comment peut-on faire autrement?» pensa-t-il.)

Il pencha sa tête par la fenêtre et se fâcha puissamment:

— Voulez-vous cesser de frapper sur la maison, vous autres! Depuis quand du monde civilisé frappe-t-il sur une maison respectable? Hein! depuis quand? Voulez-vous ficher le camp? (Il se tourna vers le père Adelme.) Et puis, qui sont-ils?

— Les Vorace de l'Anse-à-Beaufi'!

— C't'eux autres qui prennent tout' not' argent, Monseigneur!

— Pis c'est pas garanti qu'y font pas eux-mêmes le commerce de la boisson!

Le sourire, sur les lèvres de Monseigneur, disparut. Il présenta un faciès miteux. Il leur cria, aux Vorace:

— Déguerpissez! Au plus sacrant! VOLEURS! Hors de mon temple!

Les vieux, ayant reconnu là cette parole très forte de l'évangile et pour montrer leur érudition dans le domaine, l'applaudirent bien fort. Proserpine se plaignit un peu (Picassiette lui ayant effleuré le bras accidentellement) et le gendarme rouge tomate se mit à gambader. Monseigneur poursuivit:

— Je chasserai les voleurs de mon temple. (Pourquoi devenait-il si loquace tout à coup? Pourquoi le visage lui brûlait-il ainsi et pourquoi avait-il les jambes si molles?) Je vous chasserai tous, bande de pêcheurs!

Zéphirin tenta de le soutenir. Il ne fallait surtout pas que Monseigneur replonge dans la rivière hideuse.

Alfred-le-peureux prononça des paroles réalistes:

— Attendons pas que la rivière monte pis que les Vorace soyent à not' hauteur! Faut faire que'que chose tu-suite!

Mais déjà, Ti-Pit Cambui, Arthur Slackkk et Winnie Trou-de-Suce, nos trois héros de Brebille, s'étaient glissés sous l'eau après être sortis par derrière et avaient grimpé, en catimini, dans le bateau des Vorace qu'ils tenaient en joue avec de vieux fusils mouillés.

Mais un Vorace, c'est tellement à l'argent et si peu intelligent! La chicane pogna, la guerre quoi! les poings hardis, effrontés, des grimaces de douleur, des trémolos dans l'air humide, pan! vlan! la noirceur qui semblait vouloir les envahir soudain, bang! Un Vorace à la mer! Un Vorace se noie... Un autre Vorace pour aller le chercher, deux Vorace de moins dans la lutte, Stanley, Bobby, et ceux de l'atique, les cheveux au vent du long et du large, leur lançaient des bouteilles, des bouts de bois, des guenilles, des boules-à-mites, des morceaux de plafond et encore des clous et des vieilles vis, aouch! pour l'occiput de Winnie Trou-de-Suce, un trou de cul dans ma face, un truc à bon marché, paf! pif! pouf! (Batman quoi!) la noix de coco éclatée, et Arthur Slackkk, les reins coincés, s'accrochant à un Vorace homosexuel (y m'pogne la pissette, le tabarnaque!), coups répétés dans les couilles, un autre Vorace à la mer, saluant son compagnon dégoulinant, le croisant sous les aisselles, et Monseigneur, Monseigneur, comme son regard vacillait, il se permit de lancer deux balles de laine dans le bateau et un caillou qui atteignit la poitrine du vieux Stanley Vorace.

Et Julien sauta dans la danse, puis Alfred puis, puis... un Monseigneur multicolore lui-même, présent dans la foule, puis Rodolphe et même Picassiette-le-snoraud! (Mais pas du tout Zéphirin qui hurlait des alexandrins à la douceur d'Orphale et à la douleur de Proserpine.)

Toute la gang dans la grande barge. Monseigneur parla au vieux Stanley bien entre les deux yeux, d'homme à homme. Ça ne donna rien. La diplomatie, ça ne donnait jamais rien dans ce maudit pays de sauvages, pensa-t-il, et il laissa filer son poing sur le museau du commerçant protestant (depuis le temps que je l'attendais, celui-là! Le vieux Stanley Vorace alla retrouver tous les autres Vorace dans le fond du bateau et les hommes de l'Arche regagnèrent joyeusement leur atique.

— Au revouère, Joulien Lafontaine, pétit woyyyou! On va te repogner dans oune corner oune bonne jourrr!

— On se revoèrra, c'est ça!

Ce fut doublement compliqué de hisser à nouveau Monseigneur dans l'atique. Le héros national de l'heure. Il avait le corps mou, les jambes flageolantes, la parole trop facile. Heureusement que l'eau avait encore monté.

Alfred, qui avait la sainte confiance de Monseigneur accrochée à son sourire, nargua Zéphirin-poète-pour-vieilles-mémères en passant près de lui. Il l'apostropha dans toute sa suffisance:

— Espèce de femmelette! T'aurais pu v'nir nous aider au lieu d'faire des vers comme un cadavre!

— Fa... fallait bien quelqu'un pour veiller sur les vieillards, voyons! On peut pas tous êt'e des soldats!

Les demoiselles de Lafontaine, la reine mère et le petit Raoul (et quelque part dans les nuages Hercule Pinsonneau) prirent un malin plaisir à voir déguerpir les Vorace dont un membre, encore à la nage, n'en finissait plus d'essayer d'atteindre la barge de son maître et seigneur.

Elles applaudirent toutes et vinrent féliciter Gervaise pour son chef-d'oeuvre barbare et fracassant.

Stella aperçut son mari, un peu à l'écart, tel un ermite philosophe, perdu dans ses pensées-marmelade, et comme Gervaise, lorsqu'elle vit son regard belliqueux, elle fut fort effrayée et n'osa lui parler.

Étienne se mit à battre des mains. Il lança sa tille, non pas en direction des Vorace, mais bien haut dans les airs, comme pour atteindre le pignon de l'Arche où étaient rassemblés ses vrais ennemis. Il se mit à sauter, virer, trépigner, gambader maladroitement, se dandiner comme un canard:

— C'est ça! L'automne s'en vient pis vous en profitez pour essayer d'me noyer! Vieux crisse de saint-sacrament de tabarnaque de bonhomme Lafontaine à marde! C'est tout' toé qu'est en train d'manigancer de contre moé, de dans mon dos, avec c'te gang de voleurs! Ah! mais vous m'attraperez pas, ça c'est certain, vous m'aurez rien que pas! Pis que j'vous voye pas essayer d'défaire ma clôture! Toé, là-bas, le salaud à Rochefort! m'a va t'épocher si t'essayes d'toucher à ma femme Stella! La belle STELLA VARICES! pleine de varices, varices, avaricieuse! Y a parsonne qui va pouvoir l'approcher parce que m'en vas y couper la graine, à c't'hostie-là! Cachez-vous ben, là-d'dans, Monseigneur avec, tant que vous voudrez, mais aventurez-vous pas à toucher ma Stella Varices pis ma clôture! (Regardant la brèche faite par les Vorace.) Qui c'est qui a brisé ma clôture, hein? C'est toé, Julien, hein, p'tit vicieux, sans coeur, m'en vas t'égorger comme un cochon pis m'en vas t'saigner jusqu'au boutte de ton sang! Ousque vous avez mis Raoul, hein? Ousqu'y est? C'é vous, vieille tôrieuse de belle-mère innocente qui l'cachez, hein, c'é vous? Vous êtes mieux d'me l'ramener! Pis chus pas celui qui a volé la bigosse, si vous voulez savoir! Vous réussirez pas à m'prendre parce que chus pas coupable, pas coupable pantoute, vous saurez rien de moé, rien, j'vous déclarerai rien antoute, rien antoute, j'm'en vas rien qu'aller qu'ri mon fusil pis m'en vas m'défendre de contre vous autres, c'est tout'...

Il eut de fortes hallucinations. Parce que ses propos étaient allés se fracasser sur les murs de l'Arche, il les reçut en plein coeur, comme un boomerang fatidique. Les Lafontaine, Loranger, Rochefort, Damphousse, Slackkk, Trou-de-Suce, Cambui, Vieillards et Évêque étaient descendus de l'Arche et venaient conspirer avec les Vorace pour l'attaquer lui, Étienne Dallaire, pour le pendre, le détesticuler, le décarcasser, le désarticuler, le fricasser peut-être!

Il se mit à hurler et à courir dans la pluie. Il déchira sa chemise, sauta partout, grimpa aux arbres (en administrant une taloche à Hercule Pinsonneau en passant). Il tira la langue à sa Stella Varices et montra ses fesses à la reine mère (par le panneau ouvert de la combinaison à grandes manches qu'il portait même en été). Il se chatouilla le nombril, montra la langue plusieurs fois, fit le geste de se masturber et même de forniquer sauvagement. Il fit le gorille et disparut dans la forêt à la vitesse du dernier éclair de la journée.

La pluie avait diminué, mais elle ne semblait pas vouloir se faire un honneur de cesser complètement.

Le petit Raoul demanda :

— M'man! pourquoi c'é faire que p'pa y court de même en s'pognant la gorlie, hein? Pourquoi?

Cette phase dramatique dans la vie des Dallaire ne semblait pas déranger Clarisse. Elle lança :

— Étienne, je l'haïs pour le gratter, pour le gratter!

Stella prit la main de son petit Raoul et entra au château avec plein de larmes dans les yeux. Hercule Pinsonneau poussait la charrette de son infortune.

Un homme approcha dans une petite chaloupe perdue. C'était Mandoza Pelchat qui bravait l'inondation pour venir veiller avec sa belle Cla-de-ses-ardeurs.

La fille soupira :

— Hi! celui-là! y est don' zirable! Y est toujours là quand on voudrait qu'y soye ailleurs!

(Hercule, dans les nuages, poussant la charrette, ou sur le toit de l'Arche, ou dans ses enfièvrements.)

Monseigneur eut le temps d'apercevoir le nouveau venu dans sa petite chaloupe. Il lui fit de grands signes à l'aide d'une lampe à l'huile et le convoqua sous la fenêtre.

Mandoza revint sur la rive avec le mandat de transporter toutes les dames et le petit Raoul dans l'atique de l'Arche où les chatouilleux pantins se préparaient en ce 15 août insolent à jouer le spectacle de leur vie.

... leur *Alma mater* théâtral.

Il paraît, d'après les dires d'Hercule Pinsonneau, que le Vorace qui était tombé à l'eau n'aurait pas eu le temps de se rendre agripper la barge de son père et qu'il se serait noyé dans la rivière Portage.

Et que la vieille Dorilla frôlait les cent degrés de température.

Tout ça en contre-plongée, du haut des nuages.

Ils étaient beaucoup trop occupés, à l'intérieur de l'Arche, au troisième étage, à suivre la pièce de théâtre pour oser s'inquiéter des infortunes du menteur effervescent, Étienne Dallaire.

La salle était pleine à craquer (mais elle ne craquait pas à cause de l'eau qui entourait l'Arche). La pluie avait cessé et des dizaines de soupirs de soulagement étaient expulsés des poumons farouches.

Monseigneur tenait à peine debout et redemandait sans cesse de la tisane. Pour son rhume. Chélidoine lui tapotait la joue avec une débarbouillette trempe, une joue rouge et enflée, résultat stupide d'un coup échappé dans la bagarre.

— Monseigneur, si c'est pas terrible, aller d'même vous mêler aux chicanes de village...

— C'est... c'est une sainte cau... cause devant la face et... et la hic! la plénitude de Dieu! Pour combattre la ba... bagosse, mon enfant, mon enfant si jeune (il lui flattait la main) il... il fffffaut... la combattre à la source... à la base, ne pas la laisser s'infffffiltrer dans nos â... â... âmes!

Rodolphe ne trouvait pas Monseigneur très drôle. Il était sûrement effrayé, entouré comme il l'était, mais il regardait surtout les caresses de Monseigneur sur la main de sa Chélidoine. Il s'approcha du père Adelme:

— J'vous l'disais! Vous êtes vraiment innocenté par les preuves que l'officier a apportées, en disant que c'est Étienne Dallaire qui est le coupable, vous êtes innocenté!

— Tut! tut! mon gars! Laisse faire, viande-à-mé-nard! Laisse faire, parle pas! Ma Stella!

Les larmes glissaient quand même sur les joues de Stella, des larmes que se permit d'essuyer Alfred, l'officier-enquêteur propre et ratoureux. C'était bien elle, la femme malade et si douce, belle et réelle comme le cristal, la fleur de son hôpital.

Et c'était bien lui.

— Oh! Alfred! ça me fait quand même d'la peine pour lui, Étienne! Je te... vous dis qu'y était pas beau à voir t'à l'heure! Les yeux perdus, les cheveux ébouriffés, y faisait assez pitié! Ousqu'y peut êt'e, hein?

Elle le sut bien vite. Alfred serait son amant si doux.

Mais son mari! Un homme qui faisait quand même trois ou quatre acres par été de défrichage, à 45 $ pour trois acres seulement, avec le mil du gouvernement, qui faisait des abattis, sans avoir peur des ours, qui partait de bon matin et qui mentait pour sauver la face parce qu'il aurait voulu être plus important. Toujours plein de culpabilité. Ça le rendait agressif au plus haut point. Agressif, désagréable, rustre à l'occasion.

La culpabilité sous toutes ses coutures. Allait-il revenir? Elle ne le souhaitait pas. Elle ne pourrait plus s'enflammer pour ce malheureux qu'une clôture haute comme d'icitte à demain avait coupé de sa famille.

Car l'homme qui fuit en forêt le fait souvent pour échapper à ses responsabilités, aux charges de sa famille, pour avoir la sainte paix, avec comme arrière-plan le prétexte de la chasse qu'il faut faire pour, justement, nourrir cette même famille.

Stella prit du papier gris avec lequel sa mère autrefois faisait des petits cahiers et entreprit d'écrire un mot à son époux perdu. Un mot qu'elle laissa s'envoler dans le sommeil du soir.

Face au vent du nord dans la forêt obscure où la nuit a mis la patte, cette nuit que des frémissements impitoyables saupoudrent de terreur, il court à perdre haleine, les jambes en bouillie, la langue sèche (sa bigosse!), les entrailles tordues, un panneau de combinaison impudent face aux regards indiscrets des grands cèdres muets.

Des ronces, des épines, des haies folles et des arbres hauts comme sa clôture, bien plus hauts, du vent humide, des gouttes de feu, l'envahissement, la lourde obscurité du même soir et cette vierge insoumise, sa vierge à lui. L'oeil hagard, tumescent, la prunelle au grand vent.

Une torture turque. Pour courir encore toute une nuit, trempé, horrifié, et un avant-midi sous le soleil, l'accusé, le contrebandier poursuivi. Ils sont tous là qui l'étranglent, le charcutent, l'envahissent, le castrent, le forcent à boire sa bagosse. C'est Monseigneur qui tient l'entonnoir.

Une cabane jaune ou blanche et la course continue, effrénée, léthargique... les sueurs parsemant son chemin. Elles dégouttent sur le sol. Le Poucet est tordu.

Une forte boucane blanche, chaude, la «bouquine» de ses tempêtes d'enfant lorsqu'il associait poudrerie et boucane. Puis le grand trou béant, les étoiles dans son souvenir, Stella... Un trou de quarante pieds de profondeur, sorte de grotte inconnue dans laquelle il déboule et s'effondre en plein coeur d'août.

Il n'a même pas tenté de s'y soustraire. Son trou, il l'a abîmé de menteries grosses comme les citrouilles.

Quand le rideau se lèvera à la gloire de ces pantins chatouilleux, qu'ils formeront indéniablement un groupe solide et qu'ils grimperont dans l'Arche solide pour voguer sur les eaux limpides de leur vieillesse.

Une soirée de l'Assomption se présente. On l'attrape au passage. Le rideau se lève deux fois, deux fois la balade d'un esquimau.

Pratiques stériles, répétitions choquantes, hilarantes, crises de foie. La soirée de l'Assomption, fleur de l'Assomption, tête branlante et force d'or, pas tremblants, débit chevrotant. Soirée suprême, avant le grand envol, qui emprisonne sous une coupole hermétique des mérites francs et créateurs. L'Arche est à jamais dessinée. Le théâtre de l'Arche.

Allez savoir le succès de nos comédiens! Quand deux jaloux ne font qu'un, qu'une salade se brasse à même quelques conférences, que le triomphe éclabousse la salle de l'atique sous les élans soupçonneux du Barbouillé, avec le verdict incertain du Docteur, à travers les courses débiles du gendarme rouge transformé en Gorgibus pour la circonstance (il avait le costume), les toussotements de la belle Angélique, les mouvements des hanches d'une tendre vieille devenue pour le sketch la voix, l'âme, la souffleuse, le trèfle à quatre feuilles d'un succès miracle. La seule, l'acharnée, la coquette et précieuse veuve Scouchtard.

... l'humble dépanneuse!

Un succès sans orgueil, sans contredit, avec des fleurs dans la tête, mille cris. Le rideau se soulève (ou se tasse) deux fois, deux fois la balade d'un soir d'un esquimau. Demeurez à l'écoute, personnellement. A la bonne heure!

Arthur Slackkk a amené les applaudissements, à la saine représentation, à un summum de deux fois deux minutes bien comptées. Il faut reprendre *la Jalousie*. Un rappel sans dessus dessous, et même si la pièce fait suer Monseigneur et que le père Adelme est scandalisé au premier rang, le succès ne se contredit pas.

Tout le Shack-à-Farine embarque dans la gigue et accepte que s'éteignent volontiers les chatouilleux pantins des évanouissements d'autrefois et qu'apparaissent enfin dans une gloire effervescente les coqueluches du Shack-à-Farine.

Tous sans exception! Les amphétamines n'existent pas dans la région. On a besoin de rire. Et la veuve Scouchtard, avec les coqueluches dernier cri, les a fait rire. Et ils pourront mieux dormir le soir venu.

C'est bien drôle à dire. Bien drôle, oui! La veuve

Scouchtard est consacrée la reine des coqueluches dès le soir même dans l'atique de l'Arche jaune atmosphère. Elle est appelée à ne jamais décevoir son public. Deux joues croquantes et superbes lui donnent l'occasion de s'élever bien au-dessus des conventions et de bâtir un monde nouveau. Elle piétine, comme sa Patronne, la tête du serpent vert et foudroie du regard les abonnés des piètres soûleries ainsi que les escapades ordinaires de ses compagnes-et-compagnons-coqueluches-comme-elle. La gloire l'a modelée dans les tréfonds de son âme. Jusque-là. Et l'Arche doit suivre. Suivre la galante reine de l'eau, des fleurs, de la rivière Portage, des bruits, des étages froids et des volets verts.

A 88 ans, elle est consacrée. Elle imagine sa statue de bronze sur l'une de ses trois terres du Shack-à-Farine.

Un bref entracte, Zozo platonique, la balade des savons migrateurs (création de Picassiette), une cadavérique danse de ballet d'Orphale, la classe modèle et encore Arthur Slackkk-la-kékette-toujours-en-l'air qui tape des mains à tout rompre et qui brise le mur du respect, et qui déride Monseigneur.

Les amis de l'atique perdent malheureusement toute contenance et en oublient même, ce soir-là, la pauvre et infortunée Dorilla couchée presque bouillante sur ses planches au village.

Dans le déchirement de l'étiquette, ils créent leurs propres souvenirs. Les Souvenirs de la Troupe, après tout.

Tout comme il y eut un soir et qu'il y eut un matin, il y eut l'Arche, Picassiette, Orphale et Proserpine. Il y eut Diogène et la veuve Scouchtard.

Et cette orgie de théâtre ferma la porte, oui, aux envies de végéter ou de s'apitoyer sur son sort, aux p'tites brosses dans les coins sombres ou soupçonneux, aux mornes réflexions de la pensée-artiste et à la routine tuante des soirées d'août des vieillards gaspésiens.

Pour pas cher. Allez courir la prétentaine, après ça! Hein? Allez-y donc!

Pendant la représentation, Rodolphe s'était adonné à fixer son regard sur une toile déposée sur le beau gramophone qu'on ne faisait jamais jouer parce qu'on manquait de disques. Du côté des vieilleries de l'Arche.

Et son regard malin de jeune contrebandier lavé à tout jamais de ses péchés, par Monseigneur lui-même « en parsonne », la bague au doigt, son regard malin était tombé sur une peinture suave, adorable, démentielle, un NU BLEU comme il n'y en avait sûrement nulle part, un ange à la face brouillée. Et cette face brouillée n'était nulle autre que la face blanche de Gervaise Lafontaine, peintre et princesse gaillarde, filtrante à souhait, l'artiste pudibonde.

... « ... parce qu'il y a neuf Muses et que je suis également chéri d'elles, je suis neuf fois docteur. Dixièmement, parce que comme on ne peut passer le nombre dix sans faire une répétition des autres nombres, et qu'il est le nombre universel, aussi, quand on m'a trouvé, on a trouvé le docteur universel... »

Chélidoine, que les répliques du Docteur endormaient parce qu'elle ne les comprenait pas, se tortilla dans mille positions avant de venir se joindre à son chum venu d'ailleurs, sous des pluies de « chut » ou « tu nous déranges »... « Mon Dieu qu'a connaît don' rien au théâtre ! »

Elle dévisagea longuement son amoureux, elle, la princesse audacieuse, sous la lueur de la lampe fine puis elle fixa son iris dans celui de l'ami et suivit la ligne de son regard posé à tout jamais sur une toile fantastique où elle reconnut sa soeur. Elle put lire en son âme, malgré les traits flous.

Et parce que son amoureux en avait l'eau à la bouche (et la bosse au pantalon), elle se souda à ses hanches. Tous les regards étaient ailleurs, sur la scène, enfouis sous le charme et le reflet du siècle de Molière, perdus dans le magnétisme du génie.

... autant se pervertir les idées et la langue qu'elle

glissa entre les lèvres de son amoureux. En plein dans le dos de ses gentils parents. Le remède impudique!

Mais Rodolphe Damphousse qu'une bosse à l'étroit massacrait, plongeait sans cesse sa fixation sur l'oeuvre délirante où brillait une petite tétine bleue sous un sein gracieux.

Et ce goût de sel, sur la langue de Chélidoine, n'était pas celui qu'il avait dégusté sur sa paillasse de feuilles de maïs. Et cette petite tétine bleue sous un sein silencieux était bien celle de ses ébats nocturnes.

Il en était sûr. La cavalière parfumée qui l'avait si bien « aspiré » et comblé était cette Gervaise de l'image, fille originale et gâtée qui parvenait toujours à ses fins, qui faisait quand elle le voulait tous ses caprices et qui le projetait, lui, le contrebandier heureux, dans le souvenir de la princesse au petit pois qui avait les os si fragiles.

Dorilla s'est étonnée de ne pas voir revenir ses vieux amis. Ils l'ont oubliée dans la mort. Ils l'ont manifestement abandonnée, le gendarme avec. Et pour ça, elle brise toutes les lois de la nature et s'échauffe les sens.

Et la mort rage et perd les pédales.

La mouffette et le renard, la marquise et le galant comte. La mouffette voulait se faire faire l'amour par le renard, un moment suprême dans sa vie. N'étaient-ils pas les spectateurs involontaires d'un spectacle sans saveur et ne voulaient-ils pas se retrouver dans une plus juste intimité?

La mouffette dit au renard:

— Y fait chaud! Si on pouvait sortir un brin!

— Pour aller où, ma belle, pour aller où? C'est inondé tout alentour!

— On pourrait sauter dans un bateau pis partir par

la maison chez nous! Tout l'monde est icitte pis y fait chaud, hein, mon beau?

— Ton idée a d'l'allure!

— J'le sais que chus capable de pondre des idées qui ont d'l'allure des fois!

Et la mouffette se glissa sur un matelas mouillé du deuxième étage pendant que suivait, au son d'un tambour battant, un humble renard à la queue enflammée.

Il a bien fallu devenir raisonnable et repartir pour le château des Lafontaine. Un endroit sec et propre qui les tiendrait tous au chaud.

Pareille bande de souffleurs, sueurs, comédiens volages, tous mouillés dans la même cuve, se serrant les coudes.

Ils avaient atténué les signes du vieillissement. Ils avaient prouvé, bel et bien prouvé qu'ils pouvaient encore briller au firmament de la jeunesse, être des étoiles bénévoles, chantantes, sublimes, pour apporter un peu de bonheur à quelques Brebillois charitables.

Monseigneur était peut-être celui qui maintenant voulait le moins descendre de son perchoir. Pourquoi fallait-il descendre? Pour tomber à l'eau? Fichu raisonnement!

Alfred chantait la pomme à Stella qui baissait les yeux; Étienne était perdu dans la bataille et la noirceur de ses fumisteries. A quoi bon le dénoncer maintenant, le coupable, à quoi bon? Il en avait parlé avec Monseigneur, en catimini. Monseigneur avait jeté les hauts cris, les avait fait jaillir de ses enseignements, puis les avait noyés dans les écritures sur les caisses vides. En hoquetant, tendrement, « L'Anse-à-Brillant - 1926 », une si bienfaisante tisane, à quoi bon sévir, en effet!

Alfred avait pu lui faire comprendre que par respect pour une ancienne tuberculeuse et pour l'honneur de son fils, il fallait étouffer l'affaire, du moins jusqu'à l'apparition du coupable. Cette discussion dogmatique s'était déroulée entre deux envolées du fulgurant Docteur et avait attiré à elle seule vingt-huit « chut! » imposants de la salle, une douzaine de coups d'oeil, regards féroces, oeillades venimeuses et froncements de sourcils huppés à la fois des spectateurs environnants et des comédiens.

— Sont-y fatigants, antoute! Euh! 'scusez, Monseigneur!

Comme lorsque les chuchotements envahissent le grand hall d'un théâtre à la fin d'une majestueuse représentation, des voix feutrées n'en finissaient plus de parler de succès, de délire, de sommet dans la carrière des coqueluches du Shack-à-Farine.

... alors que les souffleux, qui avaient donné un coup de langue et de texte à la veuve Scouchtard, n'avaient jamais autant soufflé de leur vie.

Un malheur!

On décida enfin de regagner à court terme les embarcations et d'aller raisonnablement finir l'humide soirée dans le salon du château.

Proserpine sur son brancard, transportée par Ti-Pit Cambui et Arthur Slackkk, un Diogène souriant à son tour charrié par Winnie Trou-de-Suce et Julien (y est pesant, l'vieux!). Toute une bande suspecte échappant à la captivité, Alfred au bras de Stella, le petit Raoul dans les bras de la reine mère, Clarisse et Mandoza (ou Hercule le jaloux au plafond), la juteuse Rose-Alma (larmes de roses) épaulant son Zéphirin bien mis et bien malade du rein (aouch! encore!), Picassiette et Gervaise avec la complicité du petit NU BLEU qu'il fallait sauver à tout prix, et la veuve encore, et Orphale toujours et les autres (ousqu'y sont ben passés Rodof' pis Ché'idoène?). Monseigneur ferma la marche en chambranlant (la chaleur du grenier, sans doute), en tenant bien solidement le poignet de la veuve Scouchtard qui avait attrapé, au passage, la onzième caisse de bagosse sous le tas. La onzième.

— Ousqu'y sont passés Rodof' pis Ché'idoène, antoute? répéta la reine mère. Faudrait pas qu'y soyent dans que'que coin pis qu'y se noyent, faudrait pas!

Le père Adelme était à son tour apparu et avait confisqué à l'atique trois belles caisses bien en vie. « L'Anse-à-Brillant - 1926 », du bon petit fortifiant. Des étiquettes qu'on avait peinturées en jaune pour faire disparaître les « marquages ».

— Viande-à-ménard! 'sont partis, la vieille! Faisait trop chaud par icitte. Y ontvaient besoin de se r'frèdir, hein, Monseigneur? D'habetude, les jeunes d'mandent pas mieux que de s'réchauffer pis ça m'a d'l'air qu'eux autres, y ontvaient besoin d'frette!

— Aïe! on voit rien, y fait noèr comme su' le loup!

— Apportez les lampes! Échappez-les pas à l'eau! Allez surtout pas échapper les vieux non plus! Manquerait pus rien que ça! Nos bonnes vedettes à l'eau! Tiens! les bateaux sont rendus à not' hauteur! Y en manque un! Va falloèr faire une couple de voyages, Monseigneur! ...

C'est lorsque le dernier bateau atteignit le rivage, après un deuxième voyage, qu'on entendit des cris horribles dans le grenier noir de l'Arche. Le gendarme hurlait:

— Au voleur! Cafiére de cafiére! Au voleur! Laissez-moé pas icitte! Au voleur! Mon mille piasses, mon mille piasses, au voleur! Au secours! Au voleur!

La petite mouffette et le gros renard tremblant conservèrent leur calme primitif et entrèrent dans le château sur la pointe des pieds. Il n'y avait personne, ni Étienne, rien.

Rodolphe savait que la belle à son bras avait droit à son amour. Elle voulait être en plénitude avec sa fougue.

Sur la rivière ondulante et ensorcelée par la Montagne Bénite, des petites flammes gigotantes se trémoussaient sur l'eau poussée par le vent, des espèces de feuxfollets fidèles. Voilà pourquoi la poésie collait si bien à cette soirée.

Chélidoine invita son roux ami à venir pavaner sa grosse queue touffue dans son lit de paille pendant que, tous deux, ils avaient une minute.

Légitimement ou pas.

Une loi de la nature, ça se transforme! Et un renard audacieux et noble peut bien, sans offenser personne, offrir ses charmes sournois à une mouffette précieuse, frustrée et anéantie dans son coin à longueur de journée.

— Ma belle Chélidoine! depuis que je vous ai vue le premier jour sur la charrette de foin, si belle, j'ai su dès lors que vous seriez ma femme. Je pense à vous sans arrêt. Pour vous suggérer de penser à moi, je vous offre (il attrapa trois marguerites dans un pot)... ces fleurs des champs!

Elle galopa sur le lit champêtre. Sans difficulté. Ce n'était pas parce qu'ils s'aimaient pleinement et que la femme obligatoirement pleine de vertus cuisait son amour dans la poêle de la luxure que le vilain renard pouvait se permettre de se mettre dans la tête le mauvais plan de jouer avec leur santé (ils avaient tous deux déjà entendu parler de sombres maladies du côté des parties intimes).

La nature possède elle-même ses charmes dans son sein. Et si la biche inconnue venue dans son lit l'avait gavé de caresses folles, ça ne voulait pas dire qu'il réussirait aussi héroïquement avec la belle Chélidoine de son coeur.

Et le renard flatta la mouffette, la blanche petite bête noire des champs. Il voulut la déflorer. Difficile! Impossible même! Et pourtant, elle voulait! Ça n'avait rien de la mystérieuse princesse au petit pois, semblait-il. La mince affaire, l'étroite situation. La grosse queue rousse d'un renard gourmand et pressé ne pouvait absolument pas se frayer un chemin dans la chaude ou frileuse tanière tant désirée.

Au sec, la mouffette qui sentait si bon et qui se ber-

çait d'une illusion enchanteresse. Entre nous, sur ce matelas cuirassé, l'arme bien hautaine entre deux jambes
électrifiantes, quelle chance! Quelle chance! Si rare, pareille occasion! Si rare! Mais un passage aussi rude,
mystique, impossible! Effleurer à peine?

Rodolphe ne perdit pas de temps. Il allongea le bras
sur une petite table de chevet et se plongea les doigts
dans une crème lubrifiante dont il enduisit ses propres
compétences et celles de sa bien-aimée.

En chaleur tous les deux, sanglotants, hypogastri-
ques, frétillants, galopins, criards, énervés, pressés, ils se
pénétrèrent comme ça et firent hurler les forces du ciel.

Une chaleur extrême, une glissade pour le délire. Cet
amour si fou qu'on voudrait graver dans son hérédité
parce qu'il est le premier, hâtif, mignon, plein. Un
amour enraciné qui prendra, un jour, la caressante forme du terroir, qui se greffera dans la progéniture d'un
couple en extase.

... l'extase! Les tentacules de l'érotisme... le rêve, les
hauts cris de souris, la profondeur des refrains spasmo-
diques, le vent incontrôlable qui va se graver sur la fesse
de Cupidon!

Rodolphe gigota. Chélidoine se tortilla. Le renard
s'écrasa. La mouffette supplia. L'amour avait pourtant
été consommé. Et la chaleur persistait dans le doux nid,
s'intensifiait, augmentait, devenait insupportable! Ça
chauffait, chauffait, aouch! Voyons donc! L'amour
était-il toujours aussi embrasé? Brûlait-il ainsi les corps
au troisième degré? C'est bien beau le paradis, mais
quand même!

— Auyouille! Aouchhh! Rodof'... ça chauffe-t-y
toujours autant qu'ça, l'amour? J'peux pus m'endurer!
Qu'ossé que tu m'as mis dans l'affaire, hein? Ôte-moé
ça! Si-ou-pla! ôte-moé ça!

Rodolphe ne put que se troubler. La crème lubrifiante? Il étira son bras et planta son nez dans la solution
gluante. Le sexe aveugle, le sexe pleure!

Il avait utilisé un onguent camphré très fort dont se

servaient les Lafontaine lorsqu'ils voulaient décoller leurs gros rhumes de poitrine.

— Auyouille! Aouch!

Étienne est aveugle, convulsif, son bras gauche lui fait mal, il geint. Il pleure aussi.

Il fait noir.

Par un grand trou dans le ciel, du fond de son oubliette, il voit quelques étoiles qui suivent le déluge.

Ses yeux paniquent. Son coeur marine dans le désespoir. Il est pris au piège. Il se frotte aux petits squelettes d'animaux morts recouverts de calcaire, les carcajous, les écureuils, les renards...

Il a la tête vide. Il a peur et il prie. Sans mentir.

Sa mémoire est tapissée de nuages. Les fantômes de ses souvenirs se bousculent dans un cimetière bleu avec des armes folles. Les armes de ses rivaux. Tous les chats du cimetière bleu de son village urinent sur les croix. Et toutes les croix funestes ne protestent pas. Les croix et les chats se croisent en urinant. Les chats font l'amour à l'immensité et urinent encore. Toute cette urine déversée sur le gazon conduit les êtres vers l'infini.

Tout ne s'oublie pas dans le cimetière bleu. Les chats se faufilent en miaulant des poèmes aux esprits. Les étoiles éclairent sans aucune permission et l'urine fait des miracles. Dans le cimetière bleu. Les chats ne s'offusquent pas. Les étoiles babillent dans les cieux. Une mémoire tapissée de nuages.

La grande rivière remplie de l'urine des chats transporte des matadors sarcastiques, des fantômes réels. Ils se blessent et se piquent sur une haute palissade.

Le chef est un matou, Alfred. Il vient le voir dans son trou tapissé de croix pourries. Il lui crache au visage. Il lui pisse dessus. Il souffre. Il a une tête cassée, trois côtes cassées, sept jambes cassées, une croix tordue, une mémoire pressante.

Comme la vache tuberculeuse, il remue et il mâchouille. Et comme les chats puants, il urine sur ses cauchemars, dans un trou creux comme le trou de ses hantises.

Un trou sans fin, dans lequel il miaule d'horreur.

C'est bien sûr avec plein de sanglots dans l'audace et de la musique dans leurs derniers efforts que tout ce beau monde, une fois tous les bateaux attachés et le gendarme rouge muselé, entra au château des Lafontaine.

— Avez-vous entendu ça? Si ça fait pas pitié! Mille piasses, après l'feu qui a tout' ravagé son magasin! Pauv' Isaac, y est vraiment chaviré pour de bon! Que c'est don' de valeur, que c'est don' ben de valeur! Y va finir par se retrouver six pieds sous terre avant Dorilla!

La reine mère se savait capable de tous les héberger. Arthur Slackkk, Winnie Trou-de-Suce et Ti-Pit Cambui coucheraient au grenier et sacreraient leur camp le lendemain au plus tard. Des hommes chauds et lubriques, assurément. Elle surveillerait ses filles, quitte à faire les cent pas durant toute la nuit.

Elle réservait la chambre de Julien pour Monseigneur. Rien n'était trop beau pour Monseigneur, un saint homme qui était d'ailleurs toujours enroulé dans sa couverture (on avait oublié sa soutane dans l'atique).

Les vieux coucheraient dans la chambre des filles. Et elle coucherait ses filles dans sa chambre à elle, à côté d'elle, sur sa carpette tressée et multicolore, toutes ses filles, Stella itou, et le petit Raoul (et un tisonnier au nez d'Hercule s'il avait le culot, hein!).

Du monde à plein. Catholique et apostolique!

Elle prépara un lunch mais les coqueluches chatouilleuses, auréolées de tant de gloire, ne demandaient qu'à dormir. Orphale dans les bras de Diogène, la veuve Scouchtard dans sa onzième caisse sous l'tas, Proserpine au bras salutaire de son bras et Picassiette enroulé dans son NU BLEU.

Les jeunes hommes, Alfred, Zéphirin (quand nous disons jeunes, enfin!) Rodolphe et Mandoza coucheraient dans la cuisine d'été. Pour l'instant, ils avaient faim. Et pour noyer le vice qui germait en eux, ils ne demandaient qu'à manger au plus sacrant.

Les princesses furent invitées, après avoir englouti quelques dizaines de sandwichs, à se rendre dans la chambre des maîtres. Gervaise enlaçait son oeuvre sérieuse.

Monseigneur se gava et rota souvent. Il péta même. Le père Adelme l'entretint de projets spéciaux et de faveurs particulières, de coups de mitre à distribuer absolument au député du coin qui était pourtant bien ami avec lui mais qui entretenait si mal les routes de la région et bla et bla...

— Ben sûr, Monseigneur, y faudra être prudent, très prudent, mais j'sais que vous êtes capable en viande-à-ménard!

— En viande-à-ménard, assurément! Mon cher monsieur Lafontaine, vous êtes si hospitalier. Que puis-je vous refuser? Au fait, vous êtes bien certain que le M. Dallaire qui a fait tellement de (pardon! Fchhhh!) ... mal à la région, vous êtes assuré qu'il ne reviendra pas?

— Si y r'vient, j'vous l'amène à Gaspé par le chignon du cou pis vous f'rez c'que vous voudrez avec!

— Oh! ce ne sera pas nécessaire! Vous n'aurez qu'à le remettre entre les mains de ces deux messieurs enquêteurs si charmants et qui semblent, qui semblent fort apprécier vos filles!

La reine mère s'affola. Voilà que Monseigneur leur donnait presque sa bénédiction. Et une bénédiction de Monseigneur, en Gaspésie, ça ne courait pas les routes.

La reine mère appela:

— Rodof'... Ché'idoène! Ousque vous êtes antoute? On les a pas vus gros d'la veillée!

Le renard et la mouffette, le sexe au vif, s'avancèrent piteusement ou juteusement et vinrent se glisser, les jambes serrées, sur le grand banc libre derrière la table. Ils ne cherchèrent pas le regard de la reine mère ni du père Adelme, et attaquèrent à pleine bouche quelques pointes de tarte aux pommes.

— Ché'idoine! achève de grignoter pis vite au litte! On s'parlera demain!

La reine Élisabeth avait parlé. Et quand elle disait: « On s'parlera demain », ça voulait dire qu'il fallait s'attendre à tout un chapitre. Monseigneur, dont l'odorat fracassait des records d'olfaction (à cause de la bonne cuisine de sa ménagère à l'évêché) crut bien placé de dire:

— C'est bien, madame Lafontaine, de mettre du camphre comme ça un peu partout dans la maison; ça va aider mon rhume! Merci!

Les turbulents amoureux avaient eu beau se laver le ( ) et la ( ) après l'acte, l'odeur était restée, persistante. Ils avaient tout essayé: l'eau chaude, la laine d'acier, la poudre féminine, quelques shottes de bagosse. Rien. L'odeur les avait suivis comme l'oeil de Caïn. Et voilà que Monseigneur appréciait. Ça équivalait, à n'en pas douter, à une bénédiction épiscopale.

Tous les hommes furent invités à prendre par le grenier ou par la cuisine d'été: matelas de bonne fortune, tapis, paillasses et paletots. Julien au travers.

Lorsque le père Lafontaine crinqua la vieille horloge et qu'il débâillonna le gendarme rouge pour l'inviter à grignoter avec eux, l'atmosphère explosa:

— Mon mille piasses, mon MILLE PIASSES, MON MILLE PIASSES!!!

A nouveau la muselière. On le coucha sur le banc-lit de la cuisine où il gigota longtemps avant de s'endormir.

Il faudrait bien le raisonner. Le faire repartir à zéro. Lui faire reprendre goût à la vie.

Du monde à plein. Un château rempli à craquer, comme au Jour de l'An. Et les mouches collantes qui revenaient se coller au collant collant.

En se lamentant, Hercule vint à son tour se coller à l'ivresse de cette humide nuit d'été.

Un tohu-bohu révélateur. On fit une petite enquête pour satisfaire le gendarme rouge qui, lorsqu'il cessa d'inonder la cuisine de ses larmes, se terra dans un mutisme « à-tout-jamais ». Le supplice chinois et glacial. Intégral. Pensez donc! Il jeta son affection sur son doigt pourri.

Le soleil était revenu. Un vent frais grondait dans les arbres anéantis. Il s'approcha de l'Arche qui trônait au milieu de la rivière. Les oiseaux remplissaient l'atmosphère de la hardiesse de milliards de sons fins.

Des zombies sur l'eau. Les hommes du Shack-à-Farine, ceux qui étaient en forme encore, allèrent débloquer le barrage de la Montagne Bénite, comme ça, tôt le matin, en ce 16 août mémorable, pour se faire des muscles et pour saluer une nouvelle ère, une troupe sémillante de complices mystérieux soudés au sol caressant du coin le plus frémissant de la Gaspésie.

Monseigneur avait mal à la tête. Les princesses étaient toutes alignées (odeur de camphre atténuée) et n'attendaient que le signal pour servir l'évêque grisé de terroir.

Ébouriffée, la veuve Scouchtard se présenta près du poêle, drôlement vêtue et on aurait dit, rajeunie à plein:

— On a ben dormi, m'me Lafontaine, ih! qu'on a ben dormi!

— Ça m'fait chaud dans l'coeur que vous ayez ben dormi. Des vedettes comme vous autres!

La veuve se fit modeste (la snoraude!) mais goûta fort au compliment du paradis.

Un rang de vieux, un rang de catholiques, un rang de coqueluches, un rang de jeunes mâles, un rang de princesses…

Un rang de blé d'Inde, un rang de patates…

Le délicieux pâté chinois et gaspésien.

Mais un rang de Monseigneur tout fin seul entouré des meilleurs services de toute la maisonnée. Quel bonheur d'avoir ainsi à sa table le personnage le plus célèbre de la Gaspésie! Sa Tendreté invita les maîtres du logis à venir se joindre à lui. Puis les coqueluches. Une tablée de vieux pantins assis ou couchés, c'était selon, à faire manger à la petite cuiller pour quelques-uns. Mais pas de miam-miam pour le gendarme (il n'a pas faim, le pauvre martyr, le pauvre!).

... un rang d'oignons, de petits pois, de patates!

Une tablée de princesses rayonnantes, une reine mère aux aguets et une tablée de jeunes hommes beaux, après tout flamboyants et même héroïques, qui avaient, à bout de pics, de bras et de souffle, défait le barrage du souvenir. Une eau limpide qui glissait déjà dans l'univers du passé.

Des tablées ardentes. Un chacun pour sa chacune, comme on dit en Gaspésie.

Pâté chinois spécial mais fulgurant déjeuner: *beans* de l'exploit, sucre du pays, pain de ménage comme nulle part ailleurs, cretons haute fantaisie, p'tit lard interdit. Un repas grand matin.

Un bonheur à crier à la face du monde. Village gai, rires sans maquillage, gentillesse et gloire, un baume de fête, des envolées du coeur et des temps, des pauses de tristesse. Le simple bonheur tremblant des bons Gaspésiens, nos ancêtres.

Monseigneur allait partir pour Gaspé. Julien le conduisit à la gare où tout le monde qui était encore alerte pleura. Le grand capitaine les bénit une dernière fois.

— Monseigneur a couché che nous!

— Monseigneur est v'nu à not' spectacle! Ya applaudi avec tout le monde, y a aimé ça!

— Monseigneur s'est battu avec nous autres. Y a chassé les Voraces du Shack, y a même manqué de s'noyer pour ça! Monseigneur est un saint!

— Monseigneur est un saint!

— Monseigneur a couché che nous!

La reine mère, c'était bien sûr, encadrerait le drap de Julien sur lequel Monseigneur avait rêvé et Julien aurait l'impression de manufacturer du saint chrême durant ses séances nocturnes et répétées de masturbation.

Zéphirin devait accompagner le grand personnage. Il lança de grands éventails de baisers à Rose-Alma (sale âme rose!).

Picassiette, qui avait insisté pour accompagner le groupe, glissa sous le train qui, en quittant la gare, lui trancha le pied. Rien que ça!

Winnie Trou-de-Suce, Arthur Slackkk et Ti-Pit Cambui avaient regagné Brebille où ils avaient pris des heures à raconter les vaillants événements dans tous les détails.

Dorilla était toujours sur les planches, endormie dans la tendresse du village. Elle ne respirait toujours pas, mais on avait tout son temps. L'heure de l'enterrement avait été retardée ou remise à la semaine des trois jeudis. Après tout, Dorilla, elle ne dérangeait personne. Peut-être un peu les Donahue. Mais ils étaient patients, catholiques et compréhensifs.

Dans le romantisme de son sommeil figé, elle exigeait sûrement des excuses de la veuve et peut-être de Monseigneur.

Il fallait arrêter le train, c'était évident! Ça ne prenait que l'intelligence benête d'un conducteur de train pour y penser. Tout le monde descendit. Monseigneur aussi, évidemment, Zéphirin avec. Tout le monde. On ne pouvait laisser un pauvre peintre à l'agonie se démêrder tout seul avec une toute petite troupe de Gaspésiens encore sous le coup de l'eau.

— Fichu monde!

On entortilla grossièrement le pied dans une couverture rouge (comme à la guerre!) et l'on fit un pansement solide à Picassiette. Le conducteur du train arrêtait le sang, c'était bienvenu, et ça lui permit de recevoir des félicitations de Monseigneur qui décida de retarder son voyage d'une journée ou deux. Le train repartit avec à son bord du monde ému et la troupe abasourdie descendit silencieusement et solennellement la petite butte et retourna au château des Lafontaine. On se mouilla les vêtements et les humeurs dans l'humidité des herbes folles que l'eau venait à peine de délaisser à la suite du déblocage du barrage. L'Arche se séchait au soleil. Elle versa une larme sur le malheur de Picassiette. Au lendemain d'un si grand succès, pourquoi?

Julien, Rodolphe et Mandoza allèrent à nouveau quérir le docteur de Percé.

Clémence dira plus tard, exquise:

« *L'été brûlant des étés fous*
« *Quand nous remontions la rivière*
« *...*
« *Mon père était un capitaine!* »

Pour asseoir la poésie dans un champ d'immortelles, elle y a sûrement rêvé!

Une chance que la veuve Scouchtard avait pogné la onzième caisse sous le tas et que le père Adelme avait fait des provisions. Une chance du bon Dieu.

Quand ils aperçurent Picassiette ensanglanté, un pansement électrique au bout de la jambe, le pied ficelé dans un petit paquet rouge, ils avalèrent une bouteille du précieux liquide et en donnèrent une à Monseigneur et aux autres. Plus personne ne se souciait de s'enquérir de la provenance de toutes ces saines bouteilles, plus personne.

Les malheurs, au Shack-à-Farine, chevauchaient les petits bonheurs et il fallait baptiser ça à tout prix. Conjurer les sorts, peut-être?

Dans le château des Lafontaine, alors que les vieillards avaient si hâte de retourner dans leur Arche douce, un grand dérangement persistait, collait, s'acharnait... retenait même Monseigneur prisonnier du Shack-à-Farine.

On regarda la clôture haute comme d'icitte à demain. Un sort. Étienne leur avait jeté un sort. On avait oublié de partir à sa recherche et il avait ensorcelé le coin.

Lorsque le docteur de Percé, dans ses chaudes envolées lyriques et la pipe au bec, aperçut le pied garrotté, il prit une grande décision et fit de la situation trois moignons.

Il fit bouillir de l'eau, désinfecta la plaie, paqueta Proserpine et le gendarme rouge et sans leur demander la permission, leur coupa et le doigt puant et le bras brûlé.

Ça ferait un mariage à trois, Monseigneur ferait des miracles, il battrait des records.

Le docteur retourna à Percé après avoir brossé un peu, épuisé, doucement. Couper, trancher pour le mieux. Fini les flacochages de ruisseau. Fini. Il en avait assez.

Les êtres de la situation décidèrent, sous les ordres de Monseigneur, de partir à la recherche de sale Étienne, le sorcier.

Pour la forme.

C'est un clin d'oeil fougueux qu'il a fallu lancer de ce côté, oui madame, un clin d'oeil morgue.

Il a bien fallu rapporter les faits sans les grossir.

Je dis bien: SANS LES GROSSIR! A qui donc de juger?

Un jour banal de lendemain endormi sur son journal, vous savez, un jour maigre.

Rodolphe avait conquis le coeur de Chélidoine, bien sûr; Clarisse ne soupirait que pour Hercule qui, dans son inaccessible royaume, compliquait diablement les choses. Il lui faudrait bien descendre un jour. En attendant, la jeune fille amoureuse d'un nuage se contentait de Mandoza Pelchat, colon, Sainte Bonté!

Zéphirin n'était pas mécontent de revenir faire des vers avec Rose-Alma (on se marre!) et de coller son bonheur enfantin à une croupe enviable. Le petit Raoul jeta son dévolu sur Alfred, ce dieu des astres qui était si-tant-plus gentil avec sa maman Stella et qui savait la faire sourire à nouveau.

Et Julien qui aimait bien voir des Vorace partout.

Les jeunes gens n'étaient pas restés pour la cruelle opération menée par le docteur. Seulement Gervaise. Elle apportait son aide au chirurgien moyenâgeux tandis que Monseigneur en personne n'en finissait plus de louanger son courage spécial et son grand coeur d'infirmière née. Il commença même à l'asperger de grâces épiscopales.

L'Iroquois!

Les jeunes gens, tous amoureux de quelqu'un, étaient allés faire une saine balade. Ils voulaient fuir le regard de la reine très royale. Puis ils étaient revenus faire un peu de ménage dans l'Arche jaune-crépuscule-pas-trop-trop-en-santé, une Arche solide qui avait tenu le coup et qui s'était vidée aussi vite qu'une cage à homard qu'on retire subitement de l'eau.

Chélidoine découvrit un petit tiroir secret dans la chambre de Proserpine. Il était rempli de statuettes multicolores placées individuellement dans des petits pots en verre. Toute la galerie des saints du calendrier. Des saints retentissants:

— A les aime pis a les prie assez, Proserpine, qu'a peut pas manquablement faire autrement que d'en mett'e en conserve!

Alfred avait profité d'un court instant où, écrasé dans le fond d'une garde-robe à essuyer le plancher, il vola un baiser à Stella, sur la joue et sur les doigts. (Attention! 'Tienne peut r'venir, on sait jamais!)

Rodolphe avait l'air réchauffé. Après tout, ne travaillait-il pas pour une cause noble? Les quelques bouteilles de bagosse qui restaient dans les caisses n'étaient-

elles pas les siennes? N'avait-il pas le droit de les ingurgiter au rythme qui lui plaisait? Après tout!

Il lui sembla tout à coup détenir le secret de l'Arche!
Ils étaient tous des petits animaux qu'une mère bien
animale mais aussi très maternelle avait transportés
d'un refuge à un autre, la peau entre les dents.

Il se sentait comme ça, soudainement, un déluge en
plein coeur, transballé, viré à l'envers, mordu dans le
cou par la vie tout entière. Pour ne pas perdre de temps.

C'est juste et bon, en Gaspésie. C'est juste et bon!

Bon an, mal an, à brûle-pourpoint, un accident est
solidaire de tout ce qui l'entoure et un grand événement
n'a pas le temps de se retourner que déjà il en talonne
un autre dans le derrière. Plein de mélodie, de soleil et
de nuages.

Monseigneur dut intervenir dans l'affaire « Dorilla
Furlong », la chaude morte de Brebille. Sous le vent
frais du petit village, il prit la responsabilité de faire un
pied de nez aux incertitudes comme aux oiseaux et d'ordonner la mise en terre de la morte, chaude ou pas...
Après tout, elle ne respirait plus, on avait collé un miroir à ses lèvres, on l'avait tâtée partout, on l'avait
même piquée avec une aiguille. Rien. Bel et bien tré-
passée à tout jamais, la sainte femme!

C'est ainsi que des larmes plein les yeux, vêtus de
noir de la tête aux pieds, les vieux de l'Arche assistèrent
aux funérailles et à l'enterrement de Dorilla. Par la
même occasion, Monseigneur avait également pris l'initiative d'ordonner la mise en terre de trois membres
éminents de la Troupe: le bras de Proserpine, le doigt
puant du gendarme rouge et le pied coupé par le train
de Picassiette. Trois membres bien en règle qu'on avait
placés dans des caisses vides de bagosse.

Picassiette et Proserpine pleurèrent longtemps. Une
partie de leur être les précédait dans la tombe, l'être tout
entier n'allait sûrement pas tarder à suivre.

Des funérailles de circonstance, coupées en petits morceaux peut-être, mais des funérailles grandioses quand même.

Sauf pour le gendarme qui jappait, hurlait, réclamait, suppliait, exigeait son mille dollars. Au diable son doigt puant! Il n'assista pas à l'enterrement de ce petit membre qui s'était si souvent frotté aux doux billets.

Il chercha encore et encore, essoufflé, anéanti, toujours et toujours.

Requiescant in pace!

Gervaise, oh! surprise sucrée, demanda à Monseigneur de la confesser! Et c'est en suant quasiment toute l'eau de son baptême et la bouche bée que le bon évêque lui donna l'absolution. (Elle avait du culot, cette petite artiste!)

Les autres ouailles blanches ou un peu salies se confessèrent également. Monseigneur les bénit encore une fois et battit en retraite, brisé, fourbu mais satisfait de s'être mêlé à ses fidèles, de s'être mouillé les jarrets dans l'eau pure de la rivière Portage et poncé la luette à la douce ardeur d'une liqueur forte qu'il s'était promis de combattre une grande partie de sa vie, et qu'il combattrait encore, mais dont il allait demander la recette à la veuve Scouchtard, un jour. Il la recevrait en audience particulière s'il le fallait. Après tout, il avait d'autres chats à fouetter que de combattre la bagosse. L'enseignement, la pédagogie, la colonisation et quoi d'autre!

Ni Alfred ni Zéphirin ne voulurent partir avec lui. Pas pour le moment. Ils avaient encore beaucoup à faire. Des corvées de nettoyage surtout. Et bien d'autres corvées plus stimulantes.

Le père Adelme, qui avait noyé ses récoltes, regarda du côté du moulin à scie et demanda à tous les bras jeunes et robustes de lui donner un coup de main. Oh! on chercha bien un peu Étienne, pour la forme, pour

Stella qui insistait quelquefois et pour conjurer un sort que personne ne pouvait réellement identifier!

La haute palissade était toujours là, seule et droite comme un païen au bord du suicide avec derrière, derrière — on pouvait apercevoir à travers les brèches faites par les Vorace — une petite maison grise bien maigre où retournèrent s'installer le petit Raoul et sa mère Stella et pour quelques jours, Alfred.

Guitare aux sons riches dans le ciel. Tu fais surgir des mélodies irréelles des rivières et des forêts et de tes entrailles. Et tu replaces le monde dans tes fantaisies. Destin!

Les mâles du Shack-à-Farine, stimulés par l'heureuse alternative de passer une autre soirée au derrière de leur blonde (après tout, la reine mère n'était pas si sévère que ça!), suaient à grosses gouttes au risque même de replonger le Shack-à-Farine dans une nouvelle inondation.

Le gendarme rouge mourut le lendemain d'une crise d'apoplexie, de frustration, d'ignominie, d'horreur suite à la perte de son cher mille piasses. Il s'étouffa dans ses cennes noères.

Les vieux l'exposèrent dans l'Arche et ils eurent quand même beaucoup de peine. On ne respire pas un doigt puant de vieux snoraud sans en conserver un souvenir têtu. Au fenil de sa vie, la veuve Scouchtard médita puis se détendit sublimement. Elle s'était loué un gendarme rouge pour l'amuser et il la quittait ainsi, le riquiqui, elle qui l'avait aimé, autrefois. Un amour qui s'était asséché par la suite.

Les jeunes le portèrent en terre. Julien, Rodolphe, Zéphirin, Mandoza et Hercule un peu. Julien surtout. Julien. Durant les jours qui suivirent, il fit la plus grande brosse de sa vie. La soûlerie la plus écoeurante jamais vue sur le globe. Il cria partout, sur tous les caps, en se faisant des *mea-culpa*, en hurlant qu'il se sentait responsable de la mort de M. Isaac Proulx, le gendarme rouge. Il continua d'ingurgiter des tonnes et des tonnes de liquide maudit, whisky farceur, tit-galop, tit-galop, hic! Il se pavana et trinqua dans les hôtels les plus chics de Percé avec des touristes pour qui mille dollars ne valaient pas plus qu'une vieille chemise.

Il finit par s'acheter une auto. Une auto au Shack! Un bateau aurait été plus utile, ou un cheval. Il flacocha dans les environs sous des douches de commérages.

Les années filèrent.

... dans les bras de leurs beaux chevaliers, belles princesses elles demeurèrent.

La musique des années charme et descend lentement vers les générations suivantes. Le coeur se transforme et patauge dans l'infini flagorneur.

Il a fait les cent millions de pas à genoux, sec et perpétuel, en s'accrochant dans sa barbe kolkhozienne, appelé par la patrie dans une existence de plomb. Les yeux fluides.

Il ne mange plus. Il attend que l'oeil bouffi, quarante pieds plus haut, celui qui s'allume et s'éteint, lui apporte de la visite rare, réconfortante, pour le rendre heureux. Mais il n'y tient pas plus que ça.

Il joue à se métamorphoser dans son trou, banni, exilé, il fait chier tous ceux qui l'ont cotoyé, les Brebillois, les « shackeux », son beau-père frémissant, sa belle-mère sur la colline, ses belles guedounes de belles-soeurs. La plus grande douleur, la plus cruelle, l'insoutenable, elle le démolit et le grille à petit feu.

Il sait la mort à sa grotte. Ses os se mêlent déjà à ceux des carcajous, vautours, orignaux, castors et belettes. Ses seuls amis qui l'entourent dans l'opacité de son trou. Et renards et mouffettes.

Il ne peut ni crier, ni bouger, ni pleurer. Son corps va maintenant se nettoyer et glisser dans le hache-viande de l'espérance, se transformer dans l'atelier du néant. Il n'a qu'à faire le grand saut.

Mais il ira griffer Alfred dans le dos quand il fera l'amour à Stella.

Il hantera la cheminée du père Adelme un soir de Mardi Gras.

Il crachera son venin menteur sur le Shack-à-Farine au grand complet.

Il redessinera les plans de sa clôture et la rénovera sans cesse.

Il se glissera dans l'âme et le corps d'un futur rejeton qu'engendrera Stella, du satané officier-enquêteur; il leur fera la vie dure...

... il les empoisonnera tous en mettant de la mort-aux-rats dans la bagosse maudite. Sa « bigosse ».

Les formes hideuses des murs de sa grotte, les encoignures de son labyrinthe, la froideur des lieux, les rayons de l'enfer, tout se glisse dans le mystère de ses grandes portes de combinaison à grandes manches.

Il tatoue un sexe géant sur le dos de celui qui le fait cocu, alors que sa Stella du ciel, sa sirène, sur son rocher dans la mer, éclabousse ses sens meurtris de grands coups donnés dans le sang par sa queue poisseuse, emprisonne son destin dans de grands filets patriotiques.

Une lettre originale s'imprime sur un obélisque phosphorescent, le dernier message de sa vieille, sa gentille vieille qui, pour son bonheur, lui a parlé de la treizième caisse de bagosse et d'une grâce spéciale, exquise (il ne comprend pas trop...) le message est flou, disparu.

Ses pas tremblent, ses ardeurs déclinent, son mensonge s'affirme et c'est bien drôle à dire, cinquante ans plus tard, en Gaspésie, des bûcherons découvrent une caverne unique au monde, des grottes pleines de stalagtites et d'une seule stalagmite, peut-être le remord d'Étienne, ou sa jalousie, ou son sexe tatoué.

Ils découvrent aussi, à travers des tonnes et des tonnes d'ossements d'animaux de toutes les variétés, des ossements humains. Cinquante ans plus tard, et quelques poils de barbe...

C'était au temps de la luzerne et des petits pois.

Clarisse oublia Hercule. Il ne vint plus jamais la provoquer dans ses états généraux. Elle choisit librement d'aimer Mandoza qu'elle épousa en février 1928.

Stella engagea sa vie (sous une pluie de commérages) à celle d'Alfred qui l'accompagna dans la petite maison grise et pas chère jadis construite par le menteur champêtre, son mari, en attendant qu'il revienne, blessé, maudit, éclos, disparu dans une forêt trempée le soir de la grande aventure dont on parle encore dans la contrée.

Les Lafontaine et leurs gendres organisèrent souvent des battues pour retrouver le disparu, les premiers mois surtout, puis moins fréquemment, une seule fois par année, en sautant les hivers et les printemps, puis sens devant derrière. On a dit que, que... On a dit qu'une lueur fantomatique et bizarre montait dans le ciel à l'occasion, dans le bois, loin loin, à l'occasion. Mais Monsieur le curé a demandé à tous de n'en point parler, que c'était le diable. D'autres ont dit que c'était un volcan éteint qui n'attendait que le brouhaha des chercheurs pour se réveiller et inonder la région de lave bouillante. Ouch! de la lave bouillante, ça n'a plus rien à voir avec l'eau de la rivière Portage et quand ça inonde, ça inonde à tout jamais.

Chut! la tombe.

Stella demanda quand même au curé de Brebille de chanter un service pour son défunt mari (enfin, disparu à tout jamais) et Alfred lui dressa une petite croix en bois de clôture haute comme d'icitte à demain, dans le petit cimetière à côté du gendarme rouge et de Dorilla.

Chélidoine et Rodolphe se marièrent en 1929, enchantés. Ils allèrent planter leurs racines à Gaspé. Rodolphe n'oublia jamais (en regardant surtout les deux mariés sur son gâteau de noce) cette nuit où il avait roulé entre ses doigts une petite tétine de princesse capricieuse qu'il avait retrouvée sur une toile célèbre.

Zéphirin Loranger sombra aux charmes de belle Rose-Alma (qu'a rame, la rose!). Il lui construisit une coquette maison à l'Anse-à-Beaufils, non loin des Vorace. Il se lança dans l'assurance et sa galante fleur de velours ne lui donna pas d'enfants.

Gervaise et Julien ne se marièrent jamais. Ils demeurèrent, après la mort de la reine mère Élisabeth et du père Adelme, dans le château du Shack-à-Farine. Julien se mit à vieillir mal et dut souvent se défendre contre les attaques basses des Vorace dont il resta infirme d'une jambe. (Les Vorace lui avaient tendu un piège à ours dans lequel il s'était pris.) Gervaise multiplia ses oeuvres. Elle peignit des tonnes et des tonnes de rochers Percé.

Seul, un impossible tableau fait encore l'honneur d'un grand salon brun où des souvenirs aux cheveux blancs se mettent en place pour l'admirer. Un côté sombre, un côté clair.

Gervaise dort toute nue. Elle existe et se balance entre les montagnes. L'été est chaud. Les mois d'août se suivent sans jamais se rencontrer, comme ses oeuvres et pourtant, avec Julien le vieux garçon, elle attend que revienne un deuxième déluge.

Car il faudra bien qu'elle le peigne, un jour, son squelette au soleil.

Vilains, sublimes, heureux et même obligeants.

Pleins de gestes doux qui ne mentent ni ne délirent jamais. L'Arche est encore là, abandonnée aux rigueurs du temps, l'Arche aux mouffettes, aux renards, aux castors fiers et aux écureuils perdus.

Des vieux de cet âge de pierre. Ils ont quand même traversé une bonne partie de la crise économique. Sauf Proserpine, qui est morte en janvier 1929 et qui est allée rejoindre son bras. On s'est beaucoup ennuyés de ses bons beignes.

Monseigneur de Gaspé envoya une nounou s'occuper d'eux, juste pour dire que les négresses existaient aussi en Gaspésie et qu'on pouvait s'en servir. La négresse oiseau-rare mais tellement serviable et gentille oeuvra auprès de la veuve Scouchtard, de Picassiette, d'Orphale et de Diogène.

Le bras autour du cou de sa tendre Orphale, comme jadis Zéphirin à celui de Rose-Alma, le centenaire s'aventura dans un passé bien nourri. Les épatants tourtereaux s'offrirent un vaste choix de souvenirs. C'était elle, Orphale, là-bas, trois quarts de siècle plus tôt, au bras de Zéphirin. Il était venu la cueillir dans son refuge et la transportait, trois quarts de siècle plus tard, dans un jardin de folâtres délices:

— C'est beau de s'voir comme dans un film, hein Orphale, c'est beau? Encore plus beau qu'avant. T'es encore si belle, trop belle. Trop belle quand tu dors aussi. Moé qui peut pus marcher, pis toé, si alerte encore, moé, si vieux, dépassé les cent ans, trop vieux! ... On va partir pourtant!

Les nuages étudièrent la sentence, et durant la même année, elle en janvier et lui en décembre, en 1932, s'éteignirent la belle Orphale et son insaisissable Diogène.

Picassiette apprivoisa la veuve Scouchtard. Ils demeurèrent seuls avec la nounou de Monseigneur. Arthur Slackkk, qui dans sa jungle de blasphèmes et de loisirs absents et parce qu'il avait tellement apprécié un certain spectacle inédit, se sentit une âme de créateur-compositeur-artiste-applaudissements-inclus et vint les voir souvent. Il fut presque le seul à ne pas les oublier complètement.

Les deux vieux monologuèrent souvent et firent même de jolis petits spectacles pour les petits enfants qui trottinaient autour des bicoques du Shack-à-Farine. Des créations de leur cru.

Picassiette ne fut jamais pour Gervaise ce squelette au soleil tant attendu. Lorsqu'il mourut, en 1936, il serra le bras de la snoraude de veuve Scouchtard et sur son ventre flasque et ridé, il colla ses lèvres mielleuses. Un NU BLEU surgit, grandiose, audacieux, extravagant. Il jalousa Rodolphe qui avait eu plus de chance que lui.

Il avait enterré sa vie de jeunesse dans un monde humble et il s'endormit dans la mort en rêvant des milliards de petites tétines roses sur une toile géante, se noyant dans l'amour enfoui dans un matelas bourré de feuilles séchées.

Le petit Raoul entra dans l'Arche du Shack-à-Farine. Il resta là, sans bouger, une chèvre et un castor défilant à ses côtés. Un hibou éclaira le jour, une mouffette fit sa toilette et un vilain renard se roula par terre.

La nounou acheva de faire cuire son sucre à la crème. Hercule Pinsonneau descendit de ses nuages pour venir s'asseoir aux pieds de la veuve Scouchtard, veuve de tous ses amis par surcroît, et prêta l'oreille à la belle histoire des coqueluches du Shack-à-Farine. Les animaux de l'Arche, le petit Raoul et les mouches collantes de la mi-août vinrent se coller à son histoire. La nounou prépara de tendres gâteries:

— Il était une fois une grande maison jaune et verte que le bon Dieu avait créée de ses mains...

L'été était bon, les fougères pleuraient de plaisir, le vent malin extirpait des forêts de longues plaintes attristées.

Le petit Raoul grimpa sur les genoux de la veuve Scouchtard qui déjà brillait dans le firmament de ses augustes fantaisies. Elle enjamba une rivière de sable et, de bon matin, respira l'air des vallons et laissa son héritage.

Hercule se glissa entre l'écorce et l'arbre, la mouffette et le renard quittèrent leur île, la nounou transporta des brassées et des brassées de bois et Arthur Slackkk accrocha de bonnes bretelles à ses culottes.

Les coqueluches du Shack-à-Farine se glissèrent dans un monde chaud et gélatineux.

Et le soleil se paya de bons billets.

— FIN —

Glossaire

— A —

Alltans: petites bottes de pluie en caoutchouc.
Allume-ardeurs: boisson forte et stimulante.
Arrache-fesses: quelque chose de très ardu, très courbaturant.
Arsoudre: arriver, apparaître.
Atique: grenier, dernier étage de la maison.

— B —

Bidoche: un être quelconque.
Bigosse (bagosse): boisson frelatée faite à l'aide d'un alambic.
Boëtte: appât pour la morue (ex.: morceaux de hareng).
Bois à fuseau: barreaux de bois.
Bonhomme Couèche: siffleux (le petit animal).
Boucaut: quatre quintaux de morue.
Bouquine: boucane, fumée.
Braquotter: braconner.

— C —

Camaille: chamaille.
Chaffaud: bâtisse pour laisser reposer la morue.
Chaloupée: chavirée, étrange, un peu folle.
Chamoiré: bariolé, marbré.
Charrouettée: le contenu d'une pleine charrette.
Chasse-ta-botte*: salsepareille.
Cheyère: chaudière.
Chousse: souche.
Cochonnailles: le temps de ramasser le sang de cochon pour faire le boudin, les saucisses, etc.
Combines: combinaisons à grandes manches.
Consomption: tuberculeux, malade des poumons.
Coupelle: couple.

— D —

Défricheter: défricher, démêler la parenté.
Dégoddammer: déboussoler, déranger un projet.
Demon: demain.
Dgiguedou dindou: d'accord! correct! O.K.!
Diguediner: partir vite, sacrer son camp.

— E —

Épingle-à-spring: épingle à ressort.
Errigieuses: religieuses, soeurs.
Espionnades: le fait d'espionner.
Étal: table pour nettoyer la morue.

— F —

Filtreur-à-soupe: moustache.
Flacocher: jouer, taper dans l'eau.
Flattes (bacs): sortes de grandes barges.
Forlancer: faire sortir quelqu'un de son trou.
Froufrouter: faire la vie, courir.

— G —

Galipoteux: celui qui court la galipote.
Galocheux: être vil, à l'esprit tordu.
Galuche*: maladie honteuse indéterminée.
Gigger: attraper la morue avec un fil et un gros
          hameçon.
Graden*: personnage détestable.
Graffigneuses: sages-femmes.
Gratter: haïr.
Grémir: sauter au visage de quelqu'un.
Gorlie: pénis.
Gynévolaille*: vétérinaire pour volailles.

— H — I — J —

Harse-à-dents: herse avec des dents.
Icki: gros baiser bruyant.
Jarnigoteux: qui a de la jarnigoine.
Joug-à-eau: barre de bois qu'on installe sur les épaules
            de quelqu'un et à laquelle on accroche
            deux seaux d'eau.
Jib: petite voile d'un bateau, aujourd'hui (foc).

— M — N — O —

Mâche-patate: bouche.
Méwitcher: bousculer, chavirer.
Ninillage (ninillard): bruit déplaisant du nez.
Ontvaient: avaient.

— P —

Pataque: patate, pomme de terre.

186

Pipas: gros crapauds.
Piquâ: pic à morue.
Puïche: petit pet odoriférant qui ne fait malheureuse-
ment pas de bruit.

— Q —

Querre: obstine. Ex.: «Je querre pas.»
Qu'ri (quérir): aller chercher, prendre.

— R — S —

Reluquer: regarder, sentir, fouiner.
Saouèsse: chapeau de pluie des pêcheurs.

— T —

Tâte-minette: être fragile, indécis, mou.
Tressailli(r): enflé, tordu, blessé.

— V —

Varnailler: vagabonder, fouiller ici et là.
Vailloche: petit tas de foin.

— W — Z —

Waker: veiller un mort.
Zir (zirable): détestable, achalant, haïssable,
indésirable.

* Ces termes n'ont été utilisés que par une ou deux
personnes.

DU MÊME AUTEUR

Romans

Le P'tit Ministre-les-pommes, roman québécois, Montréal, No 43 Leméac 1980, 257 pages.

Le Sang-mêlé d'arrière-pays, roman québécois, Montréal, No 54 Leméac 1981, 316 pages.

La Brèche-à-Ninon, roman québécois, Rimouski, Éditeq 1983, 236 pages.

A compte d'auteur

Val d'Espoir, tome 1, «A fleur de souvenance», ouvrage historique, Laval 1978, 202 pages. (Monographie)

Val d'Espoir, tome 2, «La Huche aux Farfouilleux», ouvrage historique et folklorique, Laval 1978, 186 pages. (Monographie)

Les Cahiers de la Troupe, (Vol. 1 à VII) 1973 (épuisé).

Orpha ou *La Dégoulinade pédagogique*, théâtre, Montréal, Lyrelou 1980, 97 pages.

Ouvrages généalogiques

Les Répertoires des mariages — Saint-François-de-Sales (Val-d'Espoir: 1932-1980), Saint-Gabriel-Lalemant-de-Gaspé (1939-1967), Saint-Edgar-de-Bonaventure (1941-1980), Réserve Indienne Mic Mac de Maria (Saint-Louis-de-France: 1941-1980), Lyrelou 1980, Montréal.

Les Bujold de la région de Grande-Rivière, Cap-d'Espoir et Val-d'Espoir — Ascendance directe, 10 générations (1690-1982).

La composition de ce volume
a été réalisée par
les Ateliers de La Presse, Ltée

Achevé d'imprimer
en avril mil neuf cent quatre-vingt-trois
sur les presses de l'Imprimerie Gagné Ltée
Louiseville - Montréal.
Imprimé au Canada